陈彦精品剧作选

陈彦精品剧作选

西京三部曲
西京故事
大树西迁
迟开的玫瑰

陈彦——著

陕西新华出版
太白文艺出版社·西安

图书在版编目（CIP）数据

陈彦精品剧作选：西京三部曲 / 陈彦著. -- 西安：太白文艺出版社，2023.5
ISBN 978-7-5513-1989-8

Ⅰ.①陈… Ⅱ.①陈… Ⅲ.①剧本－作品综合集－中国－当代 Ⅳ.①I230

中国版本图书馆CIP数据核字(2022)第015338号

陈彦精品剧作选——西京三部曲
CHEN YAN JINGPIN JUZUOXUAN——XIJING SANBUQU

作　　者	陈　彦
责任编辑	申亚妮　姚亚丽
封面设计	郑江迪
出版发行	太白文艺出版社
经　　销	新华书店
印　　刷	陕西博文印务有限责任公司
开　　本	880mm×1230mm　1/32
字　　数	192千字
印　　张	12
版　　次	2023年5月第1版
印　　次	2023年5月第1次印刷
书　　号	ISBN 978-7-5513-1989-8
定　　价	56.00元

版权所有　翻印必究
如有印装质量问题，可寄出版社印制部调换
联系电话：029-81206800
出版社地址：西安市曲江新区登高路1388号（邮编：710061）
营销中心电话：029-87277748　029-87217872

陈彦,中国作家协会副主席,中国戏剧家协会副主席。创作《迟开的玫瑰》《大树西迁》《西京故事》等戏剧作品数十部,三次获"曹禺戏剧文学奖"。创作长篇电视剧《大树小树》,获"飞天奖"。著有长篇小说《西京故事》《装台》《主角》《喜剧》《星空与半棵树》。《装台》荣获2015"中国好书"、首届"吴承恩长篇小说奖",入选"新中国70年70部长篇小说典藏"。《主角》先后荣获2018"中国好书"、第三届"施耐庵文学奖"、第十五届全国"五个一工程奖"、第十届茅盾文学奖。

现实题材创作，除了需要深入生活，研究生活，汲取现实生活的养料外，更需要从历史传统中，寻找靠得住的思想和精神资源。越是要表现当下生活的复杂性，就越是要追索这种复杂性与人类生活持续演进的那些不变的规律，从而在审美判断与价值判断的紧要处，与历史血脉接通，以保证这种现实生活认识价值的可持续性。有时可能会让人觉得不时髦，不新鲜，甚至不现代，但恰恰是这种表层距离的理性拉开，让作品攥住了某种历久弥新的东西，让受众体味到了现实的生动与深刻，使现实题材创作有了长期保鲜的可能。因此，现实题材创作更是对历史文脉的本质继承与延续，我们应该有一种在历史长河中续写一段历史的忠诚、老实与敬畏。所有企图割裂历史文脉的创新，都将是昙花一现的。现实题材创作是这样，当下如火如荼的文化建设更是这样，有根脉的承接，才可能是有价值意义的创造。

——陈彦

目录

代序：文学是戏剧的灵魂　　　　　　　　　　／1
迟开的玫瑰　　　　　　　　　　　　　　　　／1
大树西迁　　　　　　　　　　　　　　　　　／83
西京故事　　　　　　　　　　　　　　　　　／175
附录　　　　　　　　　　　　　　　　　　　／267
陈彦"现代戏三部曲"的价值和意义　　季国平／269
拳拳赤子心　浓浓地域情
　　——陈彦戏剧现象浅析　　　　　　林毓熙／273
直面城市里的普通人
　　——陈彦现代戏剧作漫论　　　　　周育德／283
唏嘘暗泣里的情感之潮
　　——感动《迟开的玫瑰》　　　　　陈忠实／302

传统美德的当代弘扬

——谈眉户剧《迟开的玫瑰》中的乔雪梅　　　薛若琳　/ 307

阳春白日风花香

——观摩《迟开的玫瑰》有感　　　欧阳逸冰　/ 314

并未迟开的玫瑰　　　刘厚生　/ 319

感知一种真实的精神高尚和情感丰满

——《大树西迁》观后　　　陈忠实　/ 326

一曲拓荒西部的壮歌

——评秦腔现代戏《大树西迁》　　　康式昭　/ 332

抒家国情　状心灵史

——秦腔《大树西迁》人物塑造摭谈　　　王蕴明　/ 337

贴着老百姓的心窝写戏

——评秦腔新剧目《西京故事》　　　傅谨　/ 342

传精神　铸灵魂　出思想

——《西京故事》等秦腔现代戏三部曲的启示　　　仲呈祥　/ 352

努力对时代发出有价值的声音　　　陈彦　/ 357

后记

/ 369

文学是戏剧的灵魂（代序）

　　戏剧是靠讲故事取胜的，讲故事就是文学。无论唐传奇、宋元话本，还是明清小说，都为中国戏曲提供了丰富的思想精神营养。许多精彩故事，都是你中有我，我中有你，相携而生，难分彼此。近百年来，话剧、歌剧等戏剧样式传到中国，其核心仍然是讲好一个故事。故事之皮不存，其毛自无附着。作为戏剧这个靠故事安身立命的文艺样式，讲故事的能力就更需技高一筹。想想中国历史上的名剧《赵氏孤儿》《窦娥冤》《长生殿》《桃花扇》《牡丹亭》《西厢记》，哪一个不是因故事讲得撼天动地、精彩绝伦，而放射出了永久照耀历史、社会、生命、人性的精神与思想光芒？就拿莎士比亚的作品来说，哪一部剧不是一个能够口口相传的好故事？世界上那些久演不衰的歌剧如《卡门》《图兰朵》《阿依达》《茶花女》《悲惨世界》，更是凭借优秀的故事登上了经典的位置。因此，故事永远是戏剧的命脉，而故事的本质是文学，文学是戏剧不可撼动的灵魂。

戏剧一旦忽视了文学的力量，立即就会苍白、缺血。忽视文学的戏剧，其表现形式是多种多样的，首先表现在文本的粗糙上。故事编不圆，前后矛盾，不时出现叙述漏洞，有的甚至存在较大的硬伤。还有的，故事编圆了，所有缝隙也抹平了，但就是故事缺乏异质光彩，似曾相识，看了开头就能料定结尾。再有的，完全是新闻构件，与文学艺术压根儿没关系，当新闻性不在时，故事的魅力也丧失殆尽。还有一种时兴戏剧，专写地方历史名人，堆砌一些史料，编织一些放在谁身上都可以的"强烈冲突"，却无法打开一个历史名人的心灵世界，让人在干巴枯燥中看满舞台"拉洋片"。凡此种种，都是文本自身忽视文学力量的表现。

还有一种忽视文学对戏剧作用的表现是，不注重对文本的思想诠释与精神升华，只过度强调外包装的作用，尤其是对舞台设计与声光电的倾心依赖，因而形式大于内容，很像当下的一些商业包装：外壳精致无比，却大而无当，内核干瘪、寒碜。不适度的包装，会破坏作品内在精神意象的释放。有时舞台上最重要的布景道具，可能就是一棵象征无穷生命力的树木，甚至是一株需要特别强调的小草，硬要弄出铺天盖地的森林、草甸来，反倒把紧要处遮蔽了。

还有些大制作、大场面、群体舞的运用，让一些本来可以进入思考的段落，变得躁动不安、浮皮潦草起来。戏剧的思想感情和艺术张力，一如绘画、书法，很多地方是要通过留白来完成的。有些演出，炫目的灯光甚至全然屏蔽了表演，观众看不真切演员的脸面、表情，更遑论细微丰富的变化，戏剧的表演主体反倒成了客体，这同样会消解戏剧文学的力量。文学是人学，在戏剧舞台，"人"是通过演员来传情达意的，演员是中心的中心，一切不能为演员表演提供帮助的辅助手段，都是不可取的。

戏剧文学是演出团队共同的努力方向，一切的一切，都是为了讲好故事，塑造好人物，让故事变得波澜起伏、情感跌宕交错，让人物变得立体圆融、生命丰富多彩。因此，无论是布景、道具、灯光、服装、音乐、动效，抑或是表演，都为讲好故事、塑造好人物而来。即使是歌剧这种以音乐与歌唱为主体的演出样式，戏曲这种"戏一半曲一半"的审美形态，也都是围绕着人物来展开音乐形象的。在戏剧舞台上，其实每个参与者，包括导演、演员、作曲、舞美、演奏等，同时也都是文学创作者，一旦哪个部门脱离了该剧的文学统摄，这个部门就会出现艺术创作问题。因此，戏剧文学又不单指文本，也是指统领故事、思想、精神情感的那个魂灵。

戏剧要在文学这个基础上下功夫，只有基础扎实，二度创作才可能飞升起来，一旦基础不牢不稳，二度创作发挥、增生、堆砌得越多，越会让作品的缺陷暴露无遗。主干肢体都呈现出病变与坏死迹象，穿上再华丽的衣服，涂抹上再炫目的指甲油，戴上再华贵的脚环、手链又有什么用呢？一切文学艺术都是以动人为前提的。动人的根本，就在于对所塑造对象性格、心灵的精准开掘与把握。舞台剧由于时间、空间与篇幅限制，塑造人物尤其需要单刀直入，使性格快捷显现。因为舞台剧无法进行巴尔扎克式的文字描写，只有通过精彩、洗练的独白、对白、旁白、咏叹、宣叙、对唱、重唱、合唱，完成人物的生命个性、故事的起承转合、思想感情的波澜起伏。每一句话、每一句唱，都需反复推敲打磨，尽量做到"一石三鸟"的内蕴富含，才是戏剧这种独特文学样式创作的要妙。一句话：由于长度的规制，戏剧文学创作只能使劲压榨水分，拼命捞取"干货"，别无他途。当然，戏剧文学的根本，还是要归结在对历史和时代的责任上，任何精致的戏剧文学，一旦脱离了社会责任，就如雕刻精巧的鼻烟壶，终不过是一种玩物而已。几乎所有剧种都可以久演不衰的《窦娥冤》《铡美案》《杨门女将》等戏曲经典，就向我们深刻地昭示了这一点。

——陈彦

陈彦 精品剧作

迟开的玫瑰

人　物

乔雪梅　乔家长女

温　欣　雪梅初恋情人,后为副市长

许师傅　环卫工人

姨　妈　雪梅姨妈

父　亲　乔父

宫小花　雪梅同学,后与温欣结婚

芳　芳　乔家二女,雪梅二妹

婷　婷　乔家养女,雪梅三妹

豆　豆　乔家儿子,雪梅四弟

序

〔20世纪80年代初。

〔乔家院子——一个极具民族传统建筑风格的民居小院。全剧从20世纪80年代初到20世纪90年代末的故事就在这儿发生。随着时间推移,远景不断呈现具有时代特征的新建筑群。而由一面矮砖墙半遮半掩在小院角落的一个下水道疏导井,却多年未变……

〔月色溶溶,烛光闪闪。

〔一群年轻人围着烛光翩翩起舞。同学们在祝贺乔雪梅十九岁生日,同时也在祝贺她考上了重点大学。

〔合唱:

　　唱起来,跳起来,
　　这是我们的大舞台。
　　贺你高考放异彩,

祝你生日乐开怀。

　　把烦恼抛到云霄外，

　　让人生永远火起来。

［篝火熊熊燃起。温欣大胆地将红玫瑰捧给乔雪梅。

［正当舞会高潮迭起时，画面外传来姨妈的报丧声："雪梅，你妈她……她出车祸了！"

［乔雪梅尖叫一声"妈——"，手中红玫瑰落地，众大惊。

［篝火渐渐熄灭。

［一声凄楚的伴唱飘至：

　　堵实了，堵实了，

　　下水的管道堵实了……

［伴唱中呈现出许师傅在院落一角通下水道的身影。

［暗转。

第一场

［数日后。

［乔雪梅、芳芳、婷婷、豆豆紧紧偎依着姨妈和坐在轮椅上的父亲抽泣着。

姨　妈　（唱）天灾人祸难阻挡，

　　　　　孩子们莫要太悲伤。

　　　　　雪梅呀，你爸身残需赡养，

　　　　　弟妹年小需衬帮。

　　　　　姨妈来回细思量，

　　　　　风雨中只怕你得做头羊。

　　　（白）雪梅，你妈单位上的领导，考虑到家里的实际情况，决定破格让你去顶替。

乔雪梅　不，姨妈，我要上大学！我要上大学！（哭着向房内跑去）

［芳芳、豆豆跟下。

［婷婷慢慢凑到父亲跟前。

父　亲　雪梅不能耽误呀,她考上大学容易吗?她妈辛苦奔波也正是为了让孩子们都有出息呀!

姨　妈　这些我都反复想过,可面对这个摊子,她做老大的能走吗?

父　亲　老大?雪梅……才十九哇!

姨　妈　可她毕竟是家里的老大呀!

父　亲　唉!看来这个家……恐怕从此……也就该散了。(抚摸着婷婷)她姨妈,我知道你家上有老下有小,不缺儿也不少女的,可看在这娃的分上,就请你无论如何把她收养了吧!你知道,我是跟婷婷她爸一块儿在工地上出的事,咱乔家既然把娃从六七岁拉扯到十几岁,再供养几年,也就能自立了,咱不能……

〔婷婷哭着跑下。

父　亲　豆豆我想寄养到乡下亲戚那儿去,芳芳大些,就让她先守着这个家,等满十八了,再去把她妈那份工作顶替了也就是了。

姨　妈　那你呢?

父　亲　我么……把她妈害了这几年,再不能害娃们了。

　　　　　这脓包迟早都是一挤,迟挤不如早挤了撇脱、省心……

姨　　妈　大姐夫,你咋能说这样的话?

父　　亲　该结束了,再不敢耽误娃们了,再不能耽误娃们了哇……

　　　　　〔乔雪梅从房内跑出。

乔雪梅　爸!(跪倒在父亲轮椅前哭泣)

　　　　　〔芳芳腰系做饭围裙和婷婷、豆豆从房内出。

芳　　芳　(搀扶乔雪梅唱)

　　　　　大姐莫着急,

　　　　　　上学仍按期。

　　　　　家中由我来料理,

　　　　　　纵然是筷子能挑旗。

婷　　婷　(唱)我卖冰棍换盐米,

豆　　豆　(唱)我卖雪糕添寒衣。

婷　　婷　(唱)给爸擦洗我接替,

豆　　豆　(唱)送爸看病我搬移。

姐弟仨　(唱)大姐你就放心去,

　　　　　　咱保证共患难相偎相依。

乔雪梅 （深受感动地唱）

　　　　　　小弟妹一个个深明大义，

　　　　　　猛然间都成熟难分高低。

　　　　　　做大姐怎能够只顾自己，

　　　　　　十字口人生路选择迟疑。

　　　　　　若不去,校门也许从此闭；

　　　　　　若不去,航船也许从此迷。

　　　　　　若是去,爸爸身残谁体恤；

　　　　　　若是去,弟妹年小谁怜惜？

　　　　　　无情的遭遇难回避，

　　　　　　面对苦痛先解疾。

　　　　　　大学深造暂放弃，

　　　　　　先下活这盘缺车少马的棋。

　　　　（白）爸,姨妈,这大学……我不去了。

父　亲 啊,你说啥？

乔雪梅 大学……我不去了！

父　亲 （狠狠拍着轮椅扶手）不行！无论如何,这大学你得给我去上。

乔雪梅 爸,家里现在这个样子,我就是去了也学不好。

等芳芳长大了,我再找机会去学。爸,你就把我妈的那串钥匙交给我吧,相信我会管好这个家的!

父　亲　雪梅……

姐弟仨　大姐……

乔雪梅　爸!

〔乔父看着雪梅果敢坚毅的表情,极度无奈地将钥匙交到了雪梅手中。激越的伴唱声起:

　　含泪送走顶梁柱,

　　含笑迎来一挑夫。

　　千头万绪理有主,

　　太阳还从东边出。

〔伴唱中,乔雪梅解下芳芳腰上的围裙慢慢系上。姨妈和弟妹仨推父亲下。

〔温欣上。

温　欣　雪梅,明天早上的火车,看,票我都给咱买好了。

〔乔雪梅无言地低下头。

温　欣　你咋了?

乔雪梅　我……不去了。

温　欣　啥,不去了？是晚点儿去吗？

乔雪梅　不,去不成了。

温　欣　哎呀雪梅……

乔雪梅　(急忙挡住温欣的嘴)求你别劝我,这阵儿我需要鼓励,需要支持!

温　欣　雪梅!

　　　　(唱)你怎能轻易做决断,

　　　　　　把美好的前程抛一边？

　　　　　　十年心血白浇灌,

　　　　　　剑未磨成先自残。

乔雪梅　(唱)家临祸事弦音乱,

　　　　　　身为长姐怎偷安？

　　　　　　明早送你去车站,

　　　　　　此一别……但愿不是天上与人间。

温　欣　(唱)雪梅讲话太伤感,

　　　　　　同窗九年情意绵。

　　　　　　临行打开窗两扇,

　　　　　　你永远是我梦中的玫瑰红欲燃。

乔雪梅　(唱)窗里明月窗外见,

　　　　　烤上你心中火一团。

　　　　　窗外的花影更凌乱，

　　　　　期待着折花的月夜梦莫残。

温　欣　雪梅，我……（无奈地）我理解你……无论怎样，我都永远永远爱着你！（紧紧抓住乔雪梅的手）

［宫小花与众同学上。

宫小花　呀，咱们来得不是时候。（不无醋意地）你俩同上一所大学，看没有多少拉手的时候。一个是校花，一个是白马王子，真让我们望尘莫及呀。

温　欣　小花，雪梅她……不去了。

宫小花　啥，开国际玩笑哩，牌子这么亮的大学不去，莫非你还想到月球上镀金去？

温　欣　她真的不去了。

宫小花　雪梅呀，你咋给咱耍这冷彩哩？

乔雪梅　我家的情况你们都知道，我是老大，我……

宫小花　老大咋？将来还不都得各走各的路，各奔各的前程？雪梅呀，这事可不敢一时心血来潮……

乔雪梅　不，不，弟妹们都太小，再说我爸……

女同学　（掏出一个红纸包）雪梅，这是同学们为了支持

　　　　　你上大学凑的三百块钱,你还是去吧!

乔雪梅　不,不,我不能要,谢谢同学们的好意,我……我已经别无选择了。

温　欣　雪梅,拿上吧,这是大家的一片心意嘛。

乔雪梅　不……不……

女同学　雪梅,即使不去,这钱家里也是急需的呀!

同学们　拿上吧!拿上吧!

乔雪梅　(极其难为情地接过钱)谢谢同学们!

众同学　(议论)唉,也真是的,遇上这么个灾难,撂下这一摊子,咋走呀!可真难为雪梅了。

宫小花　只是这么好个名牌大学不上,太可惜了,可怜咱才考了个不入流的,要是能换一换该多好哇!

　　　　　〔许师傅突然从下水道里冒了出来。

宫小花　呀,咋还有个打"地道战"的?

许师傅　对不起,味道不好闻。

宫小花　就是的,一股蒜薹味。(掩鼻)温欣,咱们都走吧,雪梅家里还乱着哩,就让人家好好收拾收拾。看,明天的火车票我都给咱买好了。

温　欣　我已经买过了。

宫小花 硬座还是卧铺？

温　欣 咱个穷学生还坐啥卧铺哩。

宫小花 哎呀呀，快退了快退了，这是我爸写条子让人弄来的两张卧铺票……（自觉失口）本来我是准备和雪梅坐的，现在倒让他拾个便宜。

温　欣 我还是坐我的硬座。

宫小花 咋，怕花钱？

温　欣 不，不是这个意思。

宫小花 多余的我给你掏过了。（硬将票塞进温欣手中）

〔乔雪梅突感一阵不安，眼巴巴地望着温欣。

许师傅 哎呀，堵得实实的了！

〔幕后男声独唱飘至：

　　堵实了，堵实了，

　　下水的管道堵实了……

〔许师傅艰难地通着下水道。

〔暗转。

第二场

［四年后。

［许师傅仍在通下水道。

［姨妈提着一个生日蛋糕上。

姨　　妈　小许师傅,又在通哩,咋三天两头地堵?

许师傅　人越来越多,管子太细,再加上管道布局又不合理,能不堵吗?今天谁过生日?

姨　　妈　是雪梅。过去都是她妈张罗哩。

许师傅　你这个当姨妈的也真够费心了,四年了,三天两头地来看他们。

姨　　妈　我倒费啥心,这几年可苦了雪梅了。哎,人呢?

许师傅　雪梅买菜去了,乔大伯在屋里丢盹呢。

［姨妈向房内走去。

［许师傅钻进下水道。

［芳芳心事重重地上。

姨　　妈　芳芳。

芳　芳　姨妈。

姨　妈　我娃咋了?

芳　芳　没咋……

姨　妈　没咋……咋蔫不出溜的?芳芳,有啥心事还不能给姨妈说?

芳　芳　姨妈,没有啥……

姨　妈　芳芳到底大了,心思还这么深的,你不说姨妈也就不问了。

哎,你大姐今天把生日一过,可就二十三了,温欣大学也毕业了,搞不好他们的婚事很快就会有眉目。你大姐一走,家里这一摊子可就撂给我娃你了噢。

芳　芳　(终于憋不住地)姨妈!

(唱)我明白肩上这责任,

　　也知道大姐该嫁人。

　　只是有把穿心刃,

　　左拦右挡扎透心。

姨　妈　(白)啥事吗,还包得这严的?

芳　芳　(唱)温州裁缝姜小敏,

姨　　妈　（白）啥,开裁缝铺？你看你这娃……

芳　　芳　（唱）他胸有大志人超群。

　　　　　　办厂意欲闯深圳,

　　　　　　非带走这片西部的云。

姨　　妈　好娃呀,你叫姨妈咋说你嘛！咱且不说人家裁缝高低贵贱,就说你大姐连大学都没上,顶替你妈当工人,一月挣三十八块五,辛辛苦苦把这个家撑持了四年,熬也该熬到"解放区"了吧？没想到你咋斜插出这一杠子。哎,我看你咋对你大姐张口呀！

芳　　芳　姨妈……

　　〔芳芳哭着向房内跑去。

　　〔姨妈追进。

　　〔已经变得有一种家庭妇女感的乔雪梅,一手拿着一个小弹簧秤,一手提着一篮菜上。

乔雪梅　（唱）黄瓜长,豆角扁,

　　　　　　冬瓜茄子两头圆。

　　　　　　清早去买价难砍,

　　　　　　过了中午半价端。

　　　　南边菜市人和善,

　　　　斤斤秤杆翘上天。

　　　　北边肉市人凶悍,

　　　　半斤就短一两三。

　　　　那刀光还扑闪闪,

　　　　那人的眼光绿如蓝。

　　(白)哎哟妈呀,吓死人了!

　　［许师傅从下水道里冒出。

许师傅　咋了?

雪　梅　那个卖猪肉的,凶得就跟卖人肉的一样,出气都一股血腥味儿。

许师傅　嘿嘿,卖肉的都这神气,一提砍刀眼珠子就发红,职业病嘛。

　　［乔雪梅把菜放在院中的石桌上,掏出一把揉皱的钱,用小计算器算起账来。

乔雪梅　(嘴里念念有词地)黄瓜一角八,豆角两角二,葱一角四,肉六两半,给婷婷买高考复习资料五块六……哎哟,这钱咋不对呀?

许师傅　差多少?

乔雪梅 （又算一遍）整整差一块呢。

许师傅 （停下手中的活）再看看。

　　［乔雪梅将身上所有口袋都翻出来，仍不见那一块钱。

乔雪梅 八成是刚才和那个卖肉的拌嘴时把账搞混了，我找他去。

许师傅 这阵儿他还能认账吗？

乔雪梅 不认，不认咱工商所见！（欲走）

　　［西装革履的温欣拿着一束红玫瑰上。

　　［乔雪梅、温欣相互几乎不敢相认地良久凝视。

　　［幕后伴唱：

　　　　还是这个院落，

　　　　还是这个门。

　　　　咋不像那个身影，

　　　　咋不像那个人。

乔雪梅 温欣，你……你回来了！

温　欣 雪梅，今天不是你的生日吗？

乔雪梅 我的生日……

温　欣 对，你的生日。

乔雪梅　看我把日子都过糊涂了。你不是来信说要到特区看看吗?

温　欣　已经去过了。

乔雪梅　怎么样,听说那边发展很快呀?

温　欣　(激情澎湃地)对,发展得很快发展得很快呀!可一回到咱这儿,就觉得憋闷得让人透不过气呀!

乔雪梅　不至于吧,我咋觉得一切都好好的呢。哎,深圳的菜得是贵得很?

温　欣　不知道。

乔雪梅　听说一碗面就八块?

温　欣　(随话答话地)噢。

乔雪梅　听说煤也贵得要命?

温　欣　噢。

乔雪梅　猪肉啥价钱?

温　欣　雪梅,咱能不能说点别的?

乔雪梅　噢,咱说点别的。哎,北京人是不是爱储藏大白菜?

温　欣　雪梅,你咋……

乔雪梅　我咋了？

温　欣　没……没咋。

二　人　（重唱）年年今天都见面，

　　　　　　　　一年比一年相认难。

　　　　　　　　年年今天都相伴，

　　　　　　　　一次比一次少波澜。

乔雪梅　（唱）忽然想起事一件，

　　　　　　　买菜咋能丢一元。

　　　　　　　若不趁早去清算，

　　　　　　　时过境迁难讨还。

　　　　（对温欣唱）我去菜市转一转，

温　欣　（唱）只想和你多交谈。

乔雪梅　（唱）去去就回时间短。

温　欣　（白）雪梅，我吃过饭了，你要客气我可就走了。

乔雪梅　别别……

　　　　（唱）眼看就要坐失四斤茄子钱。

　　　　［许师傅从下水道探出头。

许师傅　（唱）雪梅丢钱神分散，

　　　　　　　心乱咋拨相思弦。

交谈话中无火焰,

　　得设法让她把心安。

〔许师傅不经意地将一元钱丢在乔雪梅身边,等乔雪梅发现后,才隐进下水道。

乔雪梅　哎哟,找到了。

温　欣　啥东西?

乔雪梅　菜钱!菜钱……(拾钱)

〔温欣更加惊异地看着乔雪梅。

〔打扮入时俏丽的宫小花上。

宫小花　看我猜的咋样,我就知道你一回来准往这儿钻。

乔雪梅　小花。

宫小花　(突然惊诧地)哎呀,这还是雪梅吗?这还是咱们的校花吗?咋变成这样了?生活的腐蚀性真大呀,要不是在你家碰见,放在别处我一准儿认不出来,咋搞的,看上去像过了三十岁的样子。完了完了,岁月把一个美女彻底致残了。

〔许师傅突然从下水道里冒出来。

许师傅　朝过圣的驴回来还是驴哟。(嘟囔完用竹片子通着下水道)

宫小花　你叨咕啥？

许师傅　我在背谚语哩。

宫小花　你还在这儿通呢？（突然捂住鼻子）哟,还是一股蒜薹味。

许师傅　废话,下水道里能冒出香槟来？

宫小花　哎,我咋发现这一城的人说话都噌噌的,是不是和这西部的恶劣气候有关。

许师傅　你好像不是在这儿长大的！

宫小花　哎,你怎么说话的？谁倒跟你招嘴了？

许师傅　我跟下水道说话哩,谁倒跟你招嘴了。

　　　　〔宫小花、许师傅处于对峙状。

乔雪梅　好了好了,咱进屋坐吧。

宫小花　真是撞见鬼了,都啥素质么,这儿我一天也待不下去了。温欣,你还犹豫啥呢？今年分回来的大学生好多都南下了,你还待在这儿干什么？谁倒稀罕你的赤诚、你的热情！走吧,飞机票我都给咱定下了,咱们也来个孔雀东南飞吧！

乔雪梅　（突然觉得要失去什么似的）温欣,你……飞吗？

温　欣　我……我们都想去……闯闯……

乔雪梅 （似乎看出了什么似的）也好,去闯闯也好。

温　欣 我真希望你也能和我们一块儿出去走走看看,人活着毕竟得实现自己的价值呀。

乔雪梅 难道我……没有价值了吗?

温　欣 不,不是这个意思,我是说……你曾经那么有理想……抱负,可现在……

宫小花 一个人有一个人的活法嘛,啊!

乔雪梅 我明白了,你们……走吧。

温　欣 我想,我还会回来的。

乔雪梅 那是你的事。

温　欣 雪梅……

乔雪梅 （压抑住痛楚地）你走吧!（看着温欣慢慢走出院门,下意识地大喊一声）温欣!

温　欣 雪梅……

乔雪梅 （坚定地）走吧,走吧,你走!

［温欣无奈地下。宫小花暗喜,随下。

［乔雪梅望着温欣和宫小花远去的背影,突然抓起红玫瑰放声痛哭起来。

［婷婷上。

婷　婷　大姐,你咋了?

乔雪梅　给大姐补习补习英语吧,大姐快荒废完了。(哭)

婷　婷　大姐,你不要哭,等我高中一毕业,就回来接替你,我相信你会赶上他们的。

　　　　［芳芳和姨妈从房内出。

芳　芳　大姐,你怎么了?我知道你心里的苦处,我……我哪儿也不去了……

乔雪梅　(不解地)你……要去哪里?

姨　妈　快给你大姐说。

芳　芳　姨妈已经跟我说好了,从现在起家里这副担子,就由我来挑。(抓起菜篮子)

乔雪梅　(更加疑惑地)你……你要到哪儿去?

姨　妈　是这样的,芳芳这几年在外面谈了个对象,是开裁缝铺的,最近赶风潮也想往深圳跑,死活闹着要跟芳芳结婚,还要把她带走。

乔雪梅　(突然像意识到什么似的一把抓住芳芳)他……人可靠吗?

芳　芳　(点头)嗯。

乔雪梅　爱你吗?

芳　芳　(点头)嗯。

乔雪梅　感情深不深?

芳　芳　(含泪点头)嗯。

乔雪梅　(加重语气地)深不深?

芳　芳　(坚定地点头)嗯。

乔雪梅　那……那你就去吧!(痛苦地抢过菜篮子,将芳芳推向一边)

芳　芳　大姐……

乔雪梅　千万……千万……不要错过了爱的机会呀!
　　　　(哭)

芳　芳　大姐……(与婷婷一起紧紧抱住乔雪梅)

　　　〔伴唱声中现出许师傅通下水道的身影:
　　　堵实了,堵实了,
　　　下水的管道堵实了。
　　　今天掏,明天掏,
　　　掏通了它又堵上了。
　　　〔暗转。

第三场

［一年后。

［坐在轮椅上的父亲,戴着随身听,手上击着节拍,嘴里唱着秦腔"呼喊一声绑帐外——"。

［豆豆拿着一串葡萄从房内出,见父亲,急忙把葡萄藏到身后,蹑手蹑脚往外溜。

父　亲　豆豆,哪儿去?

豆　豆　我出去一下。

父　亲　你把家里那个石狮子咋还没搬回来?

豆　豆　都啥年代了,要那东西有啥用么?

父　亲　这老房子传了一两百年了,啥都好好的,到你手上就啥都没用了。听说你拿石狮子换了个啥子魔方,你个败家子,赶快给我换回来,要不换看我不卸了你的腿。

豆　豆　(嘟囔道)烂破狮子,晚上我扛回来就是了。

父　亲　你见天慌慌张张往外跑,得是魂掉了?

豆　　豆　屋里闷得很嘛。

父　　亲　闷得很？你手里拿的啥？给谁呢？转过来。（见豆豆转过身亮出手中的葡萄）你大姐那样批评你,你还装啥蒜哩？娃呀,你还是个学生,明年才高中毕业,现在就卷在这号事里边,将来咋得了哇！

豆　　豆　我……

父　　亲　说,到啥程度了？

豆　　豆　没……没到啥程度。

父　　亲　没到啥程度,你的学习能从班上第五名一下子退到四十七名？还偷你大姐的钱,出去跟伢娃吃哩喝哩,你狗日的不知道家里日子的难场啊！你真对不起你大姐为你们付出的那份心血呀！

豆　　豆　爸！（唱）

　　　　　我也想从热水锅往出跨,

　　　　　我也想从沼泽地往出拔。

　　　　　只是双腿不听话,

　　　　　越拔双脚越下滑。

　　　　　把她想成一个恶霸,

可她嫩得像根豆芽。

把她想成凶神恶煞，

可她靓得像朵莲花。

几番断电电流大，

换了保险跳了闸。

父　亲　咋来的你这号货嘛！娃呀，这电流再大，也得想法关闸呀！

豆　豆　关么，我这不是天天都关着哩，可……可关得太猛，人受不了，得有个过程么。

父　亲　（无可奈何地）过你娘的脚，滚，滚！冤孽，真是冤孽哟！

〔豆豆提着葡萄溜下。

〔许师傅提着几片老式瓦，拿着镶好的照片和劳作工具上。

许师傅　乔大伯，你让我帮忙放的全家福照片放好了。

父　亲　哎呀谢谢！（接照片看）好！好！咋，下水道又堵了？

许师傅　可不，刚修通半个月又堵上了。

父　亲　咋还要用瓦？

许师傅 雨季马上要来了,我看你家有点漏,得拾掇一下。

父　亲 咱家的事,可没让你少操心! 哪来的这老式瓦?

许师傅 我在前边淘井时淘下的,这一片哪,地下随便一刨都是老砖老瓦。

父　亲 古城么!

　　　　［乔雪梅一手提着菜篮,一手拿着录取通知书跑上。

乔雪梅 爸,爸!

父　亲 啥事看把我娃高兴的?

乔雪梅 我参加成人高考,考上了!

许师傅 考上了?

乔雪梅 嗯。

父　亲 也是大学?

乔雪梅 专科进修,给大专文凭。

父　亲 好,不管咋,我娃的大学梦……总算能圆了。

乔雪梅 只是婷婷学习也蛮不错的,今年高考要是能考上,我就暂时不去了。

父　亲 那咋行,总不能老把你耽误着呀!

乔雪梅 我跟婷婷说过,只要她能考上重点,就咋都要让她去,咱家也得保重点么。

父　亲　都是重点,那你呢?唉!

　　　　　［许师傅慢慢向房后走去。

乔雪梅　芳芳来信了。

父　亲　都说了些啥?

乔雪梅　问您老人家好呢!另外,他们在深圳一直打不开局面,说是想去海南闯闯,我给她寄了点钱。

父　亲　可家里……

乔雪梅　家里再难总比外面强么。爸,我给单位招待所洗床单,今天一回领了五十多块呢。

父　亲　娃呀,看看你这双手哇……(颤抖地抚摩)

　　　　　［姨妈提着生日蛋糕上。

姨　妈　雪梅!

乔雪梅　姨妈!

姨　妈　你……你该没有忘记今天的日子吧?

乔雪梅　今天……

姨　妈　你满二十四了。

乔雪梅　今天有人来过没有?

　　　　　［父亲和姨妈都摇摇头。

〔乔雪梅木然呆坐。

〔突然传来敲门声:"乔雪梅,收信!"

〔乔雪梅异常兴奋地奔向门口。父亲、姨妈默默向房内走去。

〔一封硕大的信推移上,温欣从信封内走出。

温　欣　(唱)雪梅,你好!

乔雪梅　(唱)温欣,你好!

温　欣　(唱)去年一别,

乔雪梅　(唱)书信稀少。

温　欣　(唱)今逢生辰,

乔雪梅　(唱)犹见天骄。

温　欣　(唱)天涯搏击,山呼海啸。

乔雪梅　(唱)男儿志高,踏浪弄潮。

温　欣　(唱)把握时机,宝剑出鞘。

乔雪梅　(唱)梦中腾飞,梦醒难翱。

温　欣　(唱)天地苍茫,南北浩渺。

乔雪梅　(唱)日月穿梭,相见路遥。

温　欣　(唱)我已完婚,抱愧相告。

　　　　　　道声珍重,前路扶摇。

乔雪梅　（唱）好一个抱愧相告，

　　　　　　　好一个前路扶摇。

　　　　　　　我早知此情已虚缈，

　　　　　　　也早听苦雨打芭蕉。

　　　　　　　悲剧收场无雷暴，

　　　　　　　只是谢幕难弯腰。

　　　　　　　非是温欣人格小。

　　　　　　　相形见绌分低高。

　　　　　　　不能再做笼中鸟，

　　　　　　　我该展翅出卧巢。

　　　　［婷婷拿着录取通知书左右为难地上。

婷　　婷　大姐，你咋了？

乔雪梅　（下意识地）温欣来信了。

婷　　婷　信上说了些啥？

乔雪梅　（异常平静地）他说他结婚了。其实，大姐早就料到会有这一天的。

婷　　婷　都是我们耽误了你，要不然……大姐，你参加成人高考了？

乔雪梅　（慢慢掏出通知书）你看，大姐又考上了。

婷　婷　又考上了？好,那你就上学去吧!

乔雪梅　婷婷,你呢?

婷　婷　我……啊,没……没考上。

乔雪梅　你说什么?你平时学习成绩那么好,是不是在……

婷　婷　真的,真的。(急忙掩藏通知书)大姐,你去吧,家里就由我来接管。

乔雪梅　婷婷,你手上拿的什么?

婷　婷　没有什么。

乔雪梅　拿出来,让大姐看看。

婷　婷　没有什么。(欲进房)

乔雪梅　(厉声地)婷婷!

婷　婷　(突然止步,终于掩饰不住地)大姐!

　　　　(唱)都怪我太自私不甘沉坠,

　　　　　　背地里下苦功伴月盈亏。

　　　　　　本只为试学业证明无愧,

　　　　　　谁料想登榜首一举夺魁。(掏出录取通知书)

　　　　　　考上北大同窗醉,

　　　　　　真诚对姐吐心扉。

乔家无私把我养，

我要为乔家报春晖。（欲撕通知书）

乔雪梅　婷婷……（抢过通知书）

（唱）手捧捷报心滴泪，

悲喜交加风挟雷。

热泪为妹淌似水，

悲泪为我如雨挥。

要苦就苦我一个，

不能让她再作陪。

婷　婷　（唱）孔融让梨谷同穗，

我非乔家枝头梅。

渴饮你家千滴水，

理当涌泉来报回。

乔雪梅　（唱）你虽不是亲妹妹，

情同手足月同辉。

只要你能上正轨，

大姐含笑做路碑。

婷　婷　大姐——！（扑跪在乔雪梅脚下）

〔许师傅通下水道声。

〔幕后伴唱起：

　　　堵实了,堵实了,

　　　下水的管道堵实了。

　　　今天掏,明天掏,

　　　掏通了它又堵上了。

〔暗转。

第四场

［两年后。

［许师傅仍在通着下水道。

［姨妈提着生日蛋糕上。

许师傅 我就估摸着你快来了。

姨　妈 你咋能估摸到？

许师傅 鸟在林子里待得久了，还能不知啥藤藤啥时结籽，啥蔓蔓啥时开花？

姨　妈 小许师傅，咱们认识这么多年，还真不知道你的底细呢。结婚了吗？

许师傅 你给我介绍过吗？

姨　妈 咋非得我给你介绍？

许师傅 我看你不是常给雪梅介绍嘛。

姨　妈 那是没有办法了，你以为我是干这个的。小许师傅，能不能帮我看张照片？

许师傅 谁的照片？

姨　　妈　给雪梅又瞅了一个。

许师傅　(冷淡地)那你还是让雪梅自己看吧。

姨　　妈　你先帮忙参谋参谋嘛。

许师傅　对不起,我这眼睛不好使。

姨　　妈　咋了?

许师傅　害红眼哩。(钻进下水道)

〔乔雪梅推着父亲上。

父　　亲　哟,她姨妈来了,你看娃硬把我推到东大街转了一圈儿,又是给我买衬衣,又是给我买磁疗垫,冤枉钱花了一大堆。

姨　　妈　看你说的,她不孝顺你可再孝顺谁呀!雪梅,你大概又忘了今天的日子吧?

乔雪梅　(看了看蛋糕)姨妈,我不是说了,以后不再过生日了嘛。

姨　　妈　你不过生日这生日可要过你呀!你已经满二十六了,该是考虑终身大事的时候了。姨妈又给你物色了一个,你就先看看照片吧。(掏出照片)

乔雪梅　姨妈……

姨　　妈　这个人虽说是看大门的,可毕竟在宾馆门口。文化程度要说低了点儿,可娃还年轻,能学么,高尔基不是也才念了个小学嘛。(见雪梅很冷淡)大姐夫你看呢?

父　亲　那还要看雪梅哩。

姨　妈　雪梅……

乔雪梅　难道……难道非要出嫁吗?

姨　妈　娃咋说这话呢?你还能老在这个家里?芳芳在海南已经站住脚了,婷婷在大学也显山露水了。虽说豆豆学习差了点儿,可不管咋早早就把媳妇号下了,如果元旦真的能娶回来,雪梅呀,你爸有了指望,你还不出嫁……要等到啥时候哇?

乔雪梅　姨妈,等四弟把媳妇娶回来,我还是想去进修。

姨　妈　革命生产两不误嘛,你没看人家有了娃的,还不是照样去进修。这事再拖不得了。

乔雪梅　(无奈地)那就嫁吧!(强忍着泪水向房内跑去)

〔许师傅突然从下水道里钻了出来,直愣愣地看着乔雪梅消失的背影。

父　亲　她姨妈,看来娃……不是太满意呀!

姨　妈　可咱这条件……能高攀谁嘛!

［豆豆提着一个酒瓶子烂醉如泥上。

豆　　豆　（唱）她是一个恶霸，

　　　　　　　　不是一根豆芽。

　　　　　　　　她是凶神恶煞，

　　　　　　　　不是一朵莲花。

　　　　　　　　洪水来了猛兽下，

　　　　　　　　吞了豆芽啃莲花。

　　　　　　　　太阳黑得像片瓦，

　　　　　　　　末日来了天要塌。（醉倒在院中）

许师傅　豆豆！（急忙上前搀扶）

父　亲　狗东西咋醉成这样了。

豆　豆　（醉语）豆芽走了……叫洪水卷走了……

姨　妈　豆芽是谁呀？

父　亲　八成说的是倩倩。

豆　豆　对，豆芽是……倩倩，倩倩……就是豆芽……叫洪水猛兽吞了。

姨　妈　洪水猛兽又是谁呀？

豆　豆　一……一个倒彩电的南蛮子。

许师傅　啥时候走的？

豆　　豆　今……今早……坐飞机……

父　　亲　你倒是起了个早哟!

姨　　妈　你咋知道的?

豆　　豆　信……豆芽……留的信,豆芽说……权当她死了,可……豆芽没死呀……(泪流满面)

　　　　　〔乔雪梅闻声从房内出。

乔雪梅　豆豆咋了?

姨　　妈　叫人家给涮了。

乔雪梅　(一把抱住豆豆)弟弟,心里难过你就放声哭出来吧,哭出来就会好受些。大姐爱你,一家人都爱你呀!

豆　　豆　给我一杆枪吧!(见众人惊)我……我要当兵,我要上前线,我不想活了……

　　　　　〔许师傅背起豆豆,豆豆在许师傅背上乱踢乱喊。
　　　　　〔乔雪梅和姨妈帮许师傅把豆豆背进房内。
　　　　　〔父亲狠狠地捶着自己的头转着轮椅下。
　　　　　〔已明显成熟老练的温欣拿着一束鲜花上。

温　　欣　(唱)大潮卷起离人泪,

　　　　　　　南海搏击显作为。

西部铺下通天轨，

一腔热血又奔回。

丽日当顶心抱愧，

故路旧巷访雪梅。

〔乔雪梅从房内出。

温　欣　（有些不敢相认地）雪梅……

乔雪梅　你……你是不是把路走岔了？

温　欣　我……（深深鞠躬，久久不愿直起）

乔雪梅　（过意不去地）……坐吧，请坐！

〔温欣慢慢坐到石凳上，静静凝视着乔雪梅。

乔雪梅　请你不要这样看我好不好？

温　欣　雪梅……真……真对不起！

乔雪梅　没有啥对得起对不起的。

温　欣　雪梅，我……

乔雪梅　请你啥都不要说了，咱们就这样静静坐一坐，你就走吧。

温　欣　雪梅……我……

乔雪梅　我需要安静，真的，我需要安静。

〔许师傅从房内出，见状，静静走到下水道前，慢慢隐下。

温　欣　（不自在地解开衣扣）这天可真热呀！

乔雪梅　是有些热。

温　欣　怕有三十七八度吧。

乔雪梅　可能有。

温　欣　雪梅……我又回来了。中西部经济已经开始腾飞，市上去南方挖科技和经营管理方面的人才，我被挖回来了。雪梅，你……你好吗？

乔雪梅　我……好！

温　欣　可我听说你还没有……命运对你真是太残酷了，你本来是可以很好地实现个人价值的，竟然就这样……

［穿戴得珠光宝气的宫小花上。

宫小花　看我猜得准不准，我一想你就上这儿来了，看雪梅就是看雪梅嘛，非要说出去转转，害怕我吃醋是不是？（见雪梅的容颜，突然惊诧起来）哎呀雪梅，你……你真该去做个"拉皮儿"了。

温　欣　小花你……

宫小花　我说的不是吗？你看看雪梅的抬头纹，眼角的鱼尾纹,还有眼袋……(异常惊诧地)哎哟妈呀,咋还有白头发呢!

〔许师傅从下水道里冒了出来。

许师傅 呸!今儿个咋这臭的呢?

宫小花 哟,你还在打"地道战"哩?就是臭,不过这臭味儿好像变了,没有蒜薹的冲劲了,是一股烂肉味儿,说明古城人民的生活水平已经得到了显著改善。不过与南方下水道的味道比起来,还差了点。

许师傅 南方下水道是什么味儿?

宫小花 一股死鱼烂虾味儿。不是说呢,南北现在差距确实不小。要不是俺老公一腔热血,连拖带拽,我还真不愿南雁北回呢。

许师傅 咋,混不下去了?

宫小花 恰恰相反,俺老公在那边搞了几座大型现代化立交桥设计,不仅撂倒了几个老教授,而且还破格提了高职,现在就连上报纸上电视,都是家常便饭了。

温　欣 (制止地)小花你……

宫小花　这有啥不可以广告的嘛！你没看这次回来受的那个优待,又是市长请吃饭哩,又是分配专家楼哩,又是啥子第三梯队哩。哎哟,就好像回来个大熊猫似的。

乔雪梅　(有些坐立不安地)你……你们坐吧,我给你们泡茶去。

宫小花　有冰水吗?

乔雪梅　咱没有冰箱。

宫小花　哎呀雪梅呀,你咋把日子过得这么清苦的,都啥时候了还没个冰箱。不过我可要告诉你一个好消息,你们这一块儿马上就要拆迁改造了,你们可能很快就要住上欧式现代化大楼了。我老公是总设计。

乔雪梅　这一片民居都有一两百年历史了,怎么……要拆吗?

宫小花　这破破旧旧的了不拆还等到啥时候哇?

乔雪梅　我看外宾来,都怪羡慕咱有这一片民居的。

宫小花　哎呀,那是老外在看咱的落后面呢。

乔雪梅　都欧式了……就先进了?

宫小花　哎呀雪梅,你看你这思想已经传统、保守到啥程度了,咋就一点儿都不思进取呢?莫非一生就准备这样交待了不成?

温　欣　小花你……咋这样说雪梅呢?

宫小花　咋?我说的都是实话呀!你看雪梅现在把日子过成啥了?都快成老古董了。

许师傅　(自言自语地)唉,这下水道再咋通还是个下水道嘛!

宫小花　你这话啥意思?

许师傅　我跟下水道说话哩谁倒跟你招嘴了。(跳进下水道内)

宫小花　你……

温　欣　你……(无可奈何地)唉,走走走!(不无尴尬地推着宫小花下)

乔雪梅　(异常痛苦地唱)

　　　　一席话说得我人前低矮,

　　　　面对着成功者哑口难开。

　　　　难道说今生真的已交待?

　　　　怎屈服命运如此安排。

　　　　定要走出家门外——

　　　［豆豆内喊："大姐,我受不了,我受不了哇……"］

乔雪梅　（唱）哭声让我停下来。

　　　　　几多伤痛强遮盖,

　　　　　心中血泪谁来揩？

　　　　　难道说几次选择都失败,

　　　　　难道说所作所为尽悲哀？

　　　［豆豆内喊："我要宰了他！"］

乔雪梅　（唱）看四弟如此消沉若不睬,

　　　　　只怕良木成朽材。

　　　　　扶弱弟哪管价值在不在,

　　　　　当大姐该有大胸怀。

　　　［豆豆提着一个包从房内跑出。］

乔雪梅　豆豆,你要到哪里去？

豆　豆　我……我要南下！

乔雪梅　南下干啥？

豆　豆　我……我要宰了他！

乔雪梅　你……你胡说些什么？

豆　豆　此仇不报,誓不为人！（继续向门外冲去）

乔雪梅 站住!你想当社会渣滓吗?

豆　豆 (咬牙切齿地)就是当渣滓,我也要宰了他!

〔乔雪梅阻拦不住,终于忍无可忍地狠狠抽了豆豆一耳光。

乔雪梅 你真让人痛心哪!我把一切都交给这个家了,可你……

豆　豆 (如梦初醒地愣了一会儿,而后"哇"地哭出声来)大姐,你打吧,你狠狠地打吧,你打了我会好受些……

乔雪梅 (紧紧抱住豆豆唱)

　　　　叫声四弟莫失态,

　　　　千般苦痛要掩埋。

　　　　纵然心灵受伤害,

　　　　做人的脊梁不能歪。

　　　　你是男子汉,

　　　　有泪别沾腮;

　　　　你是男子汉,

　　　　失意莫萦怀;

　　　　你是男子汉,

　　　　　　心胸要放开；

　　　　　　你是男子汉，

　　　　　　跌倒莫徘徊。

　　　　　　门牙打落咽肚海，

　　　　　　胳膊打折袖里揣。

　　　　　　人生不能自挫败。

　　　　（白）四弟,想当兵,你就当兵去吧！

豆　豆　大姐,我们都走了,那你……

乔雪梅　（白）谁让我是老大呀！

　　　　（唱）擦干泪,挺胸怀,

　　　　　　　堂堂正正站起来。

豆　豆　大姐——！（姐弟紧紧相拥）

　　　　〔幕后伴唱：

　　　　　　堵实了,堵实了,

　　　　　　下水的管道堵实了。

　　　　　　今天掏,明天掏,

　　　　　　掏通了它又堵上了。

　　　　〔许师傅艰难地通下水道的身影。

　　　　〔暗转。

第五场

〔20世纪90年代初。

〔远处现代化建筑群正在包围着这片传统民居。

〔父亲坐在崭新的轮椅上,手里把玩着电话子母机的子机。

〔乔雪梅伏在石桌上写着什么。

乔雪梅 这下给芳芳豆豆打电话,可就方便多了。

父　亲 方便了,可就是见婷婷越来越难了,咋一下考到英国留学去了。你说这么个可怜娃,竟然在咱乔家给活出息了！亲亲的姊妹俩,咱家收养一个,成了材了,她舅家收养一个,嗨,当了三陪了。

乔雪梅 爸,看把你骄傲的。

父　亲 这娃呀,要不是你苦巴巴盯着、照看着,还不知要走到哪条道上哟。

乔雪梅 还是她自己肯努力。

父　亲 没你这个好大姐,看她能努力到哪儿去。就说芳芳吧,要不是你把她放出去,她还能搞起什么服装厂,爸还能穿上芳芳牌衬衣?

乔雪梅 难怪你每次不让撕商标,原来是想在人前显摆哩!(给父亲做肩部按摩)

父　亲 爸就是想显摆哩。最让爸没有想到的就是豆豆,把那个豆芽娃爱得呀,眼看就要捅出人命案哪,没想到你慢慢把他调治得……进了部队还考上了军校,你说这……唉,就可惜亏了我雪梅哟!

乔雪梅 弟妹都出息成这样我还亏啥呢。

父　亲 咱们这个家要不是你,恐怕……

乔雪梅 为咱们这个家付出的人太多太多了!爸,我算了一下,这些年光社区和亲戚朋友帮助的钱物都过万了……

父　亲 是呀。爸常想,下辈子爸应该变牛变马,挨家挨户给人家还人情债去。哎,咱们这一片是不是非拆不可?

乔雪梅 街道上已经在吹风了。爸,你再好好回忆一下,咱们这一片三百多户人家,过去都没出过名人啥的?

父　亲　没有。这儿世世代代都是拉车的、跑堂的、织布的、盖房的,出过画匠、皮匠、铜匠、银匠,好像还出过一个啥子……国民党的情报处处长,再没个大人物了,这恐怕和文物保护沾不上吧?娃呀,政府对咱家不薄,要是政府让搬,咱们恐怕还得带头搬哪!

乔雪梅　爸,这已经不是咱家的事了。听专家说这一片民居有汉唐遗风,具有很高的保护价值,拆了太可惜了。

父　亲　是可惜呀!

〔姨妈提着生日蛋糕上。许师傅跟上。

许师傅　我就算着你要来给她过生日……

姨　妈　(急忙遮掩)嘘,雪梅不让张罗。(进门)

乔雪梅　姨妈!许师傅也来了。

许师傅　我来看看下水道。

父　亲　下水道不是前天才通过吗?

许师傅　(不好意思地)看看……我再看看。(走近下水道察看,自言自语地)还真是好着呢,年年今天都堵着哩呀?

姨　　妈　　不堵还不好?

许师傅　　不堵好……不堵……这儿就没我的事了。

父　　亲　　小许师傅,既然来了就坐一会儿吧!

乔雪梅　　坐一会儿!

许师傅　　你自学考试这回又过了两门。

乔雪梅　　(惊奇地)你咋知道的?

许师傅　　我今天去看榜……我也过了两门。

姨　　妈　　真是红萝卜调辣子,吃出看不出。

乔雪梅　　前几天集中辅导古汉语,你参加了吗?

许师傅　　参加了。

乔雪梅　　那两天我爸输液呢,我没去,回头你给我讲讲吧!

许师傅　　只怕……讲不好。雪梅,我看你们这阵儿忙着保护这片民居哩,我给你弄了点儿资料。

乔雪梅　　哎呀,太感谢你了,我给你泡杯茶去!(拿着资料进房)

父　　亲　　她姨妈,小许师傅可是个正正经经的好小伙子,我……还蛮喜欢的。

姨　　妈　　那你咋一直也单吊着,怕也三十好几了吧?

许师傅　　比雪梅……嘿嘿,刚好大两岁。

姨　妈　也该找了。一直都没谈过?

许师傅　谈过。

姨　妈　咋?

许师傅　谈不拢。

姨　妈　怕是眼头太高了吧?你们清洁工里都没个女的?

〔许师傅闷在了那里。

姨　妈　你在这家也不算外人了,今儿帮忙参谋一件事吧。看看这张照片咋样?(掏出一张照片,还未递到许师傅面前,见许师傅先揉起眼睛来)咋了,眼睛又咋了?

许师傅　沙眼。

姨　妈　你眼睛毛病咋这多的!

〔乔雪梅端茶上。

许师傅　我还是帮忙拾掇拾掇厕所下水管道,我看有些漏水。

乔雪梅　不用麻烦,许师傅!

许师傅　这麻烦啥呢,谁还不给谁帮个忙嘛。(向房后走去)

姨　妈　真是个好小伙子!雪梅,看看这张照片咋样?

乔雪梅　姨妈！

姨　　妈　不管你咋反对,这事再不能耽误了哇！这个人姓赵,在北城区劳动局当科长,管招工的,四十多岁,妻子去年不幸……

　　　　〔乔雪梅突然双手蒙面,哭出声来。

　　　　〔姨妈和父亲愣在了那里。

　　　　〔许师傅拿毛巾从房内出,将毛巾递给姨妈后,又默默走进房去。

姨　　妈　我知道这个人年龄大了些,又是二婚,你心里不满意,可你要再不出嫁,以后会……

乔雪梅　那我爸呢？

姨　　妈　咱就雇一个保姆……把你爸……好好经管上吧！

乔雪梅　他不管我爸？

姨　　妈　(看看乔父,面有难色地)不……不是不管,是……

父　　亲　(突然恼怒异常地)他就是想管我也不让他管！我有儿有女的,要他管,哼……货哟！

姨　　妈　大姐夫,你先别发火,咱们商量着来,雪梅她……毕竟是……过了三十的人了呀！

　　　　〔父亲突然一阵惊厥。

乔雪梅 爸,你咋了?你咋了?

父　亲 (咬咬牙)不咋,不咋。(强烈抑制住内心的痛楚,默默地转着轮椅进房去了)

姨　妈 有些话我也没有必要掖着藏着,这些年姨妈给你介绍了那么多对象都成不了,大多还不是因为你爸,你把他孝顺到这个份上也就够了。

乔雪梅 姨妈!(唱)

　　　　我也想有个家,

　　　　做梦戴过新娘花。

　　　　醒来爸爸跌床下,

　　　　可怜的生命欲自杀。

　　　　他下身溃烂日夜疼痛如刀刮,

　　　　姨妈呀,雪梅怎忍离开家?

〔姨妈极其爱怜地紧紧抱住乔雪梅。

〔已戴上近视眼镜的温欣,拿着一束鲜花犹豫不定地上,最终还是走进了院门。姨妈见状进房。

温　欣 雪梅!

乔雪梅 (急忙擦干眼泪)温……温局长来了!

温　欣 你……你怎么也这样叫?

乔雪梅 我一个普通老百姓,不这样叫,咋称呼呀?

温　欣 其实最近我一直就在你家附近。

乔雪梅 我知道,几条大街都在改造,你是设计师,又是工程总指挥,还是城建局局长,能不来嘛。

温　欣 听说你们厂转产,你主动要求分流出来办老年公寓?

乔雪梅 照顾老人我有经验,再说还能解决一些下岗姐妹的再就业,我们就承办起来了。

温　欣 有困难吗?

乔雪梅 没有,就是对拆迁这片民居有意见,这是大伙搞的保护理由,都说我是你的同学,让我把材料递给你。(递过一厚摞材料)

温　欣 搞得这么扎实?

乔雪梅 温欣,温局长,你比我见识广,接触的新鲜事物也多,南方的高楼大厦,我在电视里看了也觉得很美,可非得都弄成一样吗?你没有在这里住过,感觉不到它的温馨和美好,我想改造总不能把过去的东西都一股脑儿挖干刨尽吧?难道新的就都是好的?

温　欣　（一怔）说得好,很多专家也在提这方面的意见,我们最近也正在反思城市建设中的一些问题,我先看看再说吧。

［宫小花与昔日几位同学上。

宫小花　（见石桌上的鲜花,看了看温欣）今天又是雪梅的生日吧,看这花多鲜艳哪,哼!

女同学　雪梅,跟我们一块儿出去走走吧。

乔雪梅　到哪里去?

同学甲　老同学聚会。

同学乙　同学们都想用一年一度的聚会,联络联络相互之间的感情。

同学丙　也了解这一年大家都干了些啥,相互促进促进嘛。

乔雪梅　你们去吧,我……我家里走不开……

宫小花　啥走得开走不开的,你大概还没进过五星级酒店吧,还没有享受过真正的现代生活吧?

温　欣　小花,你……

宫小花　你没看雪梅现在这活法,已经传统得、陈旧得……

乔雪梅　小花,我不知道供养弟妹赡养老人是传统的还是新潮的,我只知道这些事得有人去做,我不去做别人也得去做呀!

众同学 走吧,雪梅!

乔雪梅 你们去吧,我真的走不开。

宫小花 雪梅呀,你真应该到社会精英层来看一看,看看大家都在想什么、干什么,是怎么追求、怎么生活的,要不然你会越来越落伍的……

温　欣 小花你……

宫小花 我这人就这大炮筒子脾气,爱说个直话,咱同学中混得背的,不是都不愿意参加这种聚会么。

　　〔许师傅从房内出,直愣愣盯着宫小花。

宫小花 你还在这里?你看啥哩?

许师傅 我看下水道呢。

宫小花 你看下水道么,紧盯着我,咋了?

许师傅 我看下水道就是这样看的。

宫小花 你……(突然嗅到什么似的)什么味儿,你们闻到没有?是一股死鱼烂虾味儿,已经跟南方下水道的味道差不多了。

　　〔众人有些莫名其妙地看着宫小花。

乔雪梅 好了好了,你们快去聚会吧。

众同学 走吧,一块儿去吧,雪梅!

乔雪梅 真的,下午我们厂还有几个姐妹要来商量事呢。

宫小花 我就猜着雪梅不会去的,算了吧,大家把相互交换的礼物都送给雪梅吧。拿出来,拿出来呀!

同学甲 (掏出一本书)这是我最近写的一部反映咱们这个城市市民生存状态的小说,做个纪念吧!

同学乙 (掏出一本书)这是我教学过程中,总结下的一点儿哲学思考,你也帮着提点儿意见!

同学丙 这是我制作的一个软件。

宫小花 雪梅,这是温欣的"砖头",《东西方城市建筑比较学》,你看看有多枯燥乏味,还写了六十多万字,也许垫个桌子腿还能用。

　　[乔雪梅捧着沉甸甸一摞书和软件光盘,双手颤抖不已。

　　[温欣看着乔雪梅的难堪,无奈地欲下。

宫小花 哎,局长大人,你到哪儿去?

温　欣 (不无愤怒地)工地!

宫小花 看你那脾气!(对众同学)雪梅,那我们走了,你再甭圈在这个小院子了,要学会享受阳光、空气、

生活呀！（与众同学下）

乔雪梅 （唱）手捧专著心颤抖，

千帆竞过我滞留。

同学们个个有成就，

我两手空空面含羞。

［石桌上电话机响，乔雪梅接。

［芳芳、婷婷、豆豆各执电话出现在舞台上。

姐弟仨 （合唱）大姐莫含羞，

人前昂起头。

我们是你的专著，

我们是你的风流。

芳　芳 （唱）轻轻一声问候，

婷　婷 （唱）泪水哽在咽喉。

豆　豆 （唱）祝你生日快乐，

姐弟仨 （合唱）明月连起五洲。

［姐弟四人穿越时空跳起《电话舞》。

芳　芳 （唱）多想拉住大姐的手，

为你舞起七彩绸。

婷　婷 （唱）多想拉住大姐的手，

唱支故乡信天游。

豆　豆 （唱）多想拉住大姐的手，

红酒千杯把你酬。

乔雪梅 （唱）多想拉住你们的手，

姐弟并肩共追求。

往前走，莫停留，

家中事儿别担忧。

踏出一条通天路，

船不抵岸莫调头。

姐弟仨 （合唱）我们是你的春种，

我们是你的秋收。

我们是你的成就，

你是我们的方舟。（隐去）

乔雪梅 （唱）人生若是比富有，

我拥有你们不含羞；

人生若是比竞走，

我让出跑道无怨尤。

难道说这种活法已陈旧？

难道说我与时代已脱钩？

　　　　　　　如果说新生活排斥拯救，

　　　　　　　我只好敝帚自珍守清幽。

　　　　　　　功可以没有，

　　　　　　　名可以没有，

　　　　　　　利可以没有，

　　　　　　　宠可以没有；

　　　　　　　忠厚不能没有，

　　　　　　　忍让不能止休，

　　　　　　　善良不能变奏，

　　　　　　　爱心不能换轴。

合　唱　　仰止高山平地不愧疚，

　　　　　　艳羡红花绿叶莫含羞。

乔雪梅　（唱）守住孤独，咬牙奋斗，

　　　　　　紧抓住老父亲颤悠的生命手不丢。

　　　　　［父亲怀抱行李转着轮椅上，姨妈随上。

姨　妈　　雪梅，你爸他……

乔雪梅　爸，你这是……

父　亲　　雪梅，送爸到海南芳芳那儿去吧！

乔雪梅　你不是不服那儿的水土，上一次才去了三天你就……再说芳芳他们厂子办得那么大,两口儿一年四季东奔西跑的……

父　亲　可总不能老把你这样耽误着。娃呀,你看你的同学们,人家一个个把人都活成啥了,爸再耽误你,这心里……你送爸走,你送爸走吧!

乔雪梅　爸,我要是连老父亲都不养活,我还算个人吗?

父　亲　(百感交集地)雪梅!

乔雪梅　爸爸!(紧紧抓住父亲的轮椅扶手)

〔在无词伴唱中,乔雪梅推起轮椅,推着父亲慢慢地走向他人生的终点……

〔暗转。

第六场

［数年后。
［乔雪梅臂戴黑纱,静静地坐在父亲坐过的轮椅上。
［许师傅端着一碗中药从房内出。

许师傅 雪梅,把药喝了吧!

乔雪梅 许师傅,我……实在喝不下去!

许师傅 老父亲这么个身体状况,活了六十八岁,算是寿终正寝了,你还得保重身体呀雪梅!

(唱)老父亲颐养天年含笑走,
弟妹们乘风扬帆争上游。
雪梅你含辛茹苦总摆渡,
到如今众生普度该无忧。
要打开院门两扇把风透,
要洞开心灵窗口把光留。
莫说是人生孤独愁长久,

看今夜月光浮动风轻柔。

乔雪梅 爸！（哭泣）

许师傅 新下水道已经铺好,这个下水道从明天起就废了,我就……再不来了。

乔雪梅 你……再不来了？

许师傅 下水道再不用通了,我……就再不用来了。你保重吧,我走了！

乔雪梅 许师傅,（突然站了起来）你……再不来了？

许师傅 啊,再……再不来了。（慢慢向门口走去）

乔雪梅 （突然大喊一声）许师傅！（见许师傅猛然停住脚步）这么多年,你为我们家……干了这么多事,从来还没有……好好感谢过你……

许师傅 你太客气了,谁还不给谁帮个忙嘛。（快步欲走）

乔雪梅 （又大喊一声）许师傅！能不能给你送一件东西……做个纪念。

许师傅 不,我什么也不要。如果可能,就请把你的名字留……留在这件工作服上吧！

乔雪梅 我的名字？

许师傅 对,你的名字。

乔雪梅　我……我又不是啥明星,留这……有啥用啊?

许师傅　啥叫明星?要我说,在今天这个普遍追求个人价值的时代里,你……其实才是最大的明星。

乔雪梅　我……是最大的明星?

许师傅　是呀,雪梅!实话对你说吧,我高中毕业后没考上大学,顶替了父亲通下水道的职业,开始真有点自暴自弃,可在你的身上……我看到了自己的价值和希望,要说还是你激励我一步步走到今天,我从来没有崇拜过任何明星,但我……崇拜你!

乔雪梅　我……

许师傅　雪梅,写吧!(递上笔)

乔雪梅　(拿着笔,面对许师傅的脊背颤抖不已)

　　　　　(唱)面对这宽厚脊梁步步退,

　　　　　　　乔雪梅有何德能把笔挥?

　　　　　　　施恩人反把我视为尊贵,

　　　　　　　羞怯怯颤巍巍写下雪梅。

许师傅　谢谢!这下……我该走了。

乔雪梅　许师傅,你……走哇?

许师傅 我……走哇！(刚欲出门又转回身)雪梅,药罐里还有半罐药,晚上睡前一定要记得再吃一次。

乔雪梅 我记下了。

许师傅 雪梅,你们要的这片民居的石雕数字我全部统计出来了。

乔雪梅 啊！你怎么统计的?

许师傅 一家一家去看的。(将材料递给雪梅,雪梅激动得双手有些颤抖地接过)

许师傅 那我走了！(刚出门,又返回到下水道口)

乔雪梅 咋,把啥丢了?

许师傅 我看看下水道……是不是又堵上了。好着哩,再不用通了……(转身急下)

乔雪梅 许师傅！(追到门外)

〔幕后伴唱:

你带走了我的什么,

心里咋如此空落?

满院关着寂寞,

月光荡起寒波。

乔雪梅 (唱)难道我爱上了这一个,

不爱心跳却为何？

如此归宿心存惑，

情感叠起千道折。

〔姨妈提着生日蛋糕与温欣匆匆上。

姨　　妈　雪梅，你看谁来了？

温　　欣　雪梅，生日快乐！

乔雪梅　你……怎么这时候……还来了？

温　　欣　刚处理完事情。

姨　　妈　温市长，昨天我在电视里，见你在南街建设工地忙着哩。

温　　欣　噢，南街很快就要竣工了。

姨　　妈　雪梅，等会儿我给你说件事。我给你们擀碗面去。（进房）

温　　欣　雪梅，我来是想告诉你一个好消息。

乔雪梅　什么好消息？

温　　欣　你们这片民居保护工程总算批下来了。

乔雪梅　真的？

温　　欣　今天刚上过会。

乔雪梅　（激动异常地）温副市长，我要给你鞠一躬！（深

深鞠躬)

温　欣　不不不,我们应该给你鞠躬才对呀!最近我们结合方方面面的意见,对城市建设思路做了调整,将对这一片进行保护性开发。

乔雪梅　保护性开发?

温　欣　就是修旧如旧,这儿很可能要成为古城的一个新亮点哪!

乔雪梅　大家都说这一片没出过大人物,还生怕保不住了呢。

温　欣　(无限感慨地)大人物的遗产未必都是有价值的,而这一片普通民居却包含着太丰富的精神内涵哪!我们把传统的东西丢得太多了,该好好下功夫保护了。老父亲去世有一百天了吧?

乔雪梅　前天满百天。

温　欣　雪梅,你尽到责任了。你们办的那个老年公寓,在我们社会保障体系还没有完全建立起来时,是一个不小的贡献哪!

乔雪梅　这还要感谢你的支持。

温　欣　那是我的责任。听说芳芳、婷婷还有豆豆,都给你办的公寓捐了钱?

乔雪梅 婷婷放弃了那边优厚的待遇,很快就要回国了。

温　欣 好,好,都是你这个大姐当得好呀!前几天同学又聚会,还是把你请不去,你都成了大家的中心话题了。

乔雪梅 我……又让你们同情怜悯了吧?

温　欣 不,谁也没有资格同情怜悯你,大家倒是给你用了两个字。

乔雪梅 哪两个字?

温　欣 你猜猜。

乔雪梅 悲哀?

温　欣 不,崇高!

乔雪梅 好了,别用那些好听的字眼了,我家就这现状,哪一个关节都需要有人撑着,咱同学中又是市长、作家、教授、银行家、企业家的,我一个普通市民,什么崇高不崇高的。

温　欣 (无限感慨地)不,支撑这个社会大厦不仅需要市长、教授、作家、企业家、银行家,更需要千千万万承担各种社会义务和责任的普通人哪!……

十六年了,整整十六年才读懂一个人,真是太残酷了。

乔雪梅 好了,别再抒情了。

温　欣 同学们把你的婚事,定为大家的头等大事,给它冠了个名称叫"玫瑰花开行动",我自告奋勇当了个组长。

乔雪梅 (难为情地)我……小花她好吗?

温　欣 跟一帮朋友自费到国外旅游去了。

乔雪梅 小花真会享受生活。

温　欣 可平庸的生活也在享受她呀!小花自小娇生惯养,跟我一块儿闯深圳时,由于专业平平,又吃不下苦,一直没能体味到特区的真正内涵。但她千里迢迢追随着我的那份真挚感情,还是使我很受感动的……

〔身着泰国服饰的宫小花上。

宫小花 (模仿外国人的神情)嗨!

乔雪梅 你回来了!

宫小花 嗯哼!看我给你带了个啥?(掏出玉石滚)这叫玉石滚,美容的,能把脸滚得平平展展的,生日快乐,拿上吧！你再看看我和人妖照的照片。(掏出照片)市长大人,你也来过过目吧。

温　欣　算了算了。

宫小花　审查审查嘛。

温　欣　(胡乱翻了翻)哪个倒是你吗？

宫小花　哟,连我跟人妖都分不出来了？

温　欣　我咋看是一样的。

宫小花　(狠狠掐了温欣一下)死鬼！

乔雪梅　你们坐,我给你们拿杯冷饮去。(进房)

宫小花　我咋觉得今日这院子少个啥。

温　欣　少个啥？

宫小花　那个通下水道的。

温　欣　这个下水道废了,许师傅可能走了。

宫小花　走了,再不来了？

温　欣　再不来了。

宫小花　这小伙子也真该到"解放区"去了,太可怜了。

温　欣　你可怜他？

宫小花　啊,人连这一点同情心还能没有？你说光光堂堂一个小伙子,啥不能干,当不了科长、处长、经理、老板,卖个葫芦头泡馍总该行吧?

温　欣　(忍无可忍地)小花,应该同情的是你。

宫小花　咋了,我咋了?我说通下水道的,把你市长大人哪一根神经给撞了?

温　欣　你没有资格说他!

宫小花　蒋介石我都随便说哩,还没有资格说一个烂通下水道的?

温　欣　住口!一个通下水道的,忠于职守,默默无闻十六年,保障着城市一个几万人口的区段污水排放不受阻塞,难道不值得你敬重?一个劳动模范,自学成材,利用业余时间,为城市下水道改造工程出谋划策,给国家节约了大量资金,难道还需要你可怜?动不动就脏民工、烂通下水道的,小花,除了享受生活,享受这个时代为你提供的物质文明外,你为这个时代为这个城市,都做了些什么呀?

宫小花　我……

［在温欣与宫小花对话时,乔雪梅与姨妈从房内出。

姨　妈　雪梅呀,温市长说的那些我大多都不知道。可这几天我到许师傅的隔壁邻舍跑了好几趟,听说一条街的热心人都为他介绍过对象,可他一直说有了。都说在他的书桌上放着一张大照片,已经十几年了,不少人都看见他经常给照片前的花瓶里插新鲜玫瑰,可就是不知道那姑娘是谁。他隔壁的周大妈领我从门缝往里一看,我的眼睛湿完了,雪梅呀,那照片上……是你呀！十几年哪,他爱了你十几年哪！娃呀,天底下哪有这样的爱法呀？

〔温欣、官小花为之震动,隐去。

〔一束强光直射着泪流满面的乔雪梅。

乔雪梅　许师傅——！

(唱)暖流冲血脉,

　　　热泪掉下来。

　　　众里寻他千百度,

　　　蓦然回首人早来。

〔许师傅手捧红玫瑰默默上。

〔伴唱:

月光如水树影摆，
玫瑰红似含羞腮。

〔音乐中二人慢慢走近。

〔暗转。

第七场

〔数月后。

〔修葺过的乔家院子。

〔幕后歌谣起:

还是那个院落还是那堵墙,

还是那个小巷还是那片房。

挂满了红灯,点燃了炮仗,

咱们的雪梅要当新娘。

(转儿歌声)

雪梅阿姨当新娘,

不给喜糖我尿一床……

〔芳芳、婷婷、豆豆分别提着行李归来。

〔姨妈上。

姨　妈　都回来了。要是你妈你爸在,还不知道要高兴成啥样子。(激动得哭出声来)

芳　芳　姨妈,大姐该回来了吧?

姨　妈　快了!

豆　豆　姨妈,大姐夫是谁?咋到现在还给我们包着。

姨　妈　你大姐没给你们说?

姐弟仨　没有。

姨　妈　那是想给你们一个惊喜。

婷　婷　那你给我们先透透风,姨妈!

姨　妈　(引仨姐弟到下水道旁)这个下水道你们还记得吗?

豆　豆　这还能忘了,三天两头地通,把人都能督乱死。

姨　妈　你们大姐夫……就是那个通下水道的许师傅。

〔姐弟仨面面相觑良久后,突然抱头痛哭起来。

〔乔雪梅上。

乔雪梅　都回来了!

姐弟仨　大姐——(紧紧抱住乔雪梅哭泣)

芳　芳　(唱)眼望大姐泪如雨下,

婷　婷　(唱)万语千言不能表达。

豆　豆　(唱)一头青丝闪烁白发,

姐弟仨　(合唱)三十六春吐尽芳华。

芳　芳　(唱)轻轻拔下一根白发,

　　　　　　曾经黝黑飘柔光滑。

　　　　　　一把雨伞给我打，

　　　　　　风雪地里站着她。

婷　婷　（唱）轻轻拔下一根白发，

　　　　　　光亮似雪耀红脸颊。

　　　　　　一张船票让我搭，

　　　　　　岸上招手留着她。

豆　豆　（唱）轻轻拔下一根白发，

　　　　　　十指颤抖心乱如麻。

　　　　　　一匹骏马让我跨，

　　　　　　泥潭深处陷着她。

姐弟仨　（重唱）拔不尽的白发代价，

　　　　　　补不上的青丝朝霞。

　　　　　　扳不回的人生道岔，

　　　　　　亏不尽的如梦年华。

　　　　（白）大姐！（紧紧依偎在乔雪梅身边）

乔雪梅　（唱）弟妹们莫要淌热泪，

　　　　　　大姐的人生并不亏。

　　　　　　一不亏家遭不幸未崩溃，

二不亏手足未散情未摧。

三不亏二妹成功弄潮水,

四不亏三妹读完博士回。

五不亏四弟英才文武备,

六不亏老父寿终含笑归。

七不亏自修毕业未荒废,

八不亏办成公寓济困危。

九不亏遇见知音爱相随,

许师傅冰心堪与月映辉。

十六年为咱家润物无声泽恩惠,

十六年为你们点点雨露洒春晖。

拥有他大姐很欣慰,

相信我的好弟,相信我的好妹,

定会对他敬重如山,含笑祝福高举杯!

弟妹们送大姐出深闺!

姐弟仨 大姐!

乔雪梅 弟妹们,给大姐披上婚纱,把大姐打扮得年年轻轻漂漂亮亮的,送大姐出嫁!

[无限深情的伴唱声起:

（唱）大姐是咱家的老大，

　　　大姐是咱的妈妈。

　　　大姐是菩萨，

　　　大姐是灯塔。

　　　大姐是大树，

　　　大姐是彩霞。

　　　大姐的青春无价，

　　　迟开的玫瑰荣华。

［伴唱中，婷婷、豆豆含泪为乔雪梅披上婚纱。

［温欣作为伴郎，挽着手捧红玫瑰的许师傅上。宫小花作为伴娘挽乔雪梅上。芳芳、婷婷、豆豆牵起铺天盖地的婚纱向前走动。

［玫瑰盛开，大地万紫千红。

［剧终。

1998 年 7 月创作于西安

1999 年 8 月修改于西安

2005 年 5 月再改于西安

陈彦精品剧作

大树西迁

时间:1957—2007

地点:西安/上海

人 物

孟冰茜 　西部交大教授

周长安 　西部交大教授

苏　毅 　孟冰茜丈夫

苏小眠 　孟冰茜之子

苏小枫 　孟冰茜之女

尹美兰 　上海市民

杏　花 　卖鸡蛋的农妇

古　丽 　苏小眠之妻

苏　哲 　苏小眠之子(由饰苏小眠者扮演)

　　　　　教师、学生若干

第一场

〔字幕:1957年夏。

〔西部交大校园内。

〔"热烈欢迎交大西迁联欢会"正在排练。

〔极具西部风情的《迎宾之歌》唱响:

　　酒已温烫,茶已泡香,

　　美味的羊肉泡在等待您品尝。

　　欢迎您,南国的大雁,

　　欢迎您,西迁的群芳,

　　老长安为您披上节日的盛装。

　　像拥戴解放的大军一样,

　　像迎接阔别的亲人还乡。

　　我汉唐风物浸润的土壤,

　　是参天大树生长的地方。

〔周长安在《迎宾之歌》中拉板胡领唱。

〔苏小眠在一旁学打腰鼓、扭秧歌。

［观看节目的上海教师们热烈鼓掌。

苏　毅　如此激越豪迈,很是鼓舞士气呀!冰茜,怎么还把耳朵塞着?

孟冰茜　太缺乏优雅悦耳的情调。周老师,你们这个秦腔节目吼天震地的,可不敢把西迁来的人,在火车站就吓回去了噢。

周长安　(爽朗地一笑)不会吧,我还觉得有些激情不足呢。

孟冰茜　是唱,又不是吵架,别吓死人了。

［众笑。

［风声。

［尹美兰急上。

尹美兰　快,快把我扶住。好大的风啊!诸位,诸位,晴空霹雳呀。

众　　怎么回事?

尹美兰　西迁发生重大变故,我的众位"先行官"哪!

(唱)西迁我们做表率,

　　　千里拓荒先登台。

　　　谁知老巢出意外,

　　　　　大树挪窝根难栽。

　　　　　形势变化有利大上海，

　　　　　沿海战事短期起不来。

　　　　　沪上建设要加快，

　　　　　西迁可能要翻牌。

　　　（白）我们可是被坑苦啦！

周长安　不可能吧？校舍已经建设好了，一、二年级都迁过来了呀？

尹美兰　有什么不可能呢？前两年蒋介石要反攻大陆，局势紧张，要求沿海的工厂和大学内迁，现在局势缓和了，国家要加快沿海的建设速度，再迁不是无事生非吗？

苏　毅　西迁不仅仅是国防的需要，更是支援大西北建设的需要。

尹美兰　苏教授，您的这些观点最近已经不太吃香了，好多人认为，西迁会使交大这棵大树死在大西北的。听说还有一种方案，没来的就不来了，已来的就不走了。

　　　〔众议论。

[一女教师上,将哭泣的婴儿抱给孟冰茜。

女教师 孟老师,你的宝贝女儿哭得不行,我们都哄不住。

孟冰茜 (接过孩子)噢,噢,噢。你都听谁说的?

尹美兰 我的老同学哇,别两耳不闻窗外事啦,看看你这个留洋回来的资产阶级大小姐,拖家带口的,苏教授又连上海的老房子都卖了,就是组织要照顾他,这后路……

孟冰茜 你说组织照顾?

尹美兰 听说年龄大的,体弱多病的,来了的也可以回去。

苏　毅 我不需要组织照顾,我不属于这两种类型。

尹美兰 (异样地瞅瞅婴儿)哎呀,看我,人家苏教授还是老小伙子我都忘了。(风声)看看这西北风,能把人连根都拔起来,我是撑不住了,回见!

[尹美兰下场时与卖鸡蛋上场的杏花撞了个满怀。

杏　花 我的爷呀。鸡蛋。

尹美兰 鸭蛋都不要啦。(急下)

[孟冰茜将孩子交给苏毅后追下。孩子哭。

杏　花 哎,老师,我来哄哄。(接过孩子)你们买鸡蛋不？蛋大得很。我大交代，两毛钱三个，五毛钱八个，要是碰上上海阿拉老师，还可以再搭上一个。

苏　毅　小姑娘，你很会做生意呀。（悠闲地挑起鸡蛋来）

教师甲　苏教授，我们怎么办？

苏　毅　那要看你们自己的选择了。

教师乙　您是大教授、系主任，连国民党都想带到台湾去的一流科学家，我们是追随您来的。

苏　毅　我们来西安整整一年，亲手给这座新校园栽下了那么多树，我是要看着它们长大的。

杏　花　我大说学校占的这块地是咱村的"刮金板"，长啥啥成。

苏　毅　是啊，长安这块土地真是太肥沃了！我常常站在大雁塔下想那个唐朝和尚，他怎么就有那么顽强的毅力，去完成心中的事业，难道他西行路上遇到的艰难险阻比我们少吗？

杏　花　爷呀，唐僧取经，怕怕得太，整整经历了九九八十一难哪！

苏　毅　从上海到西安，铁路是一千五百零九公里，仅仅才走了华夏版图的三分之一,而三分之二的地方还没有一所像样的高校,我觉得交大西迁是具有战略眼光的。因此,我们也更需要唐朝高僧身上那种精神定力呀!

〔孩子又哭,苏毅接过婴儿。

周长安 苏教授,听说您多次去过新疆?

苏　毅 我父亲就长眠在那里。他是资本家的儿子,但没有享受大上海的优裕生活,一直带着他的助手——我的母亲,在西部完成着一个地质学家的梦想,最后是死在戈壁滩上的。我给他的墓碑上刻了这样几句话:天地做广厦,日月做灯塔,哪里有事业,哪里有爱,哪里就是家。

教师甲 苏教授,我们向上海方面发倡议,坚决支持西迁,义无反顾地投身大西北建设!

〔众青年教师呼应。

苏　毅 我就喜欢热血澎湃的青年。来,请第一个写上苏毅的名字!

〔强劲的西北风中,大家紧紧簇拥着苏毅。

〔伴唱:

　　　　　　天地做广厦,

　　　　　　日月做灯塔,

　　　　　　哪里有事业,哪里有爱,

　　　　　　哪里就是家。

　　　〔暗转,孟冰茜家。

　　　〔一盆橘树放置在窗前,苏毅在修剪着枝叶。

孟冰茜　老苏,咱们什么时候启程哪?

苏　毅　启什么程?

孟冰茜　都到这一步了,你还犯什么傻呀?

　　　　　(唱)看窗外黄土弥漫沙尘卷,

　　　　　　荒郊环抱瘦校园。

　　　　　　与海外学术交流受阻断,

　　　　　　空负才志难登攀。

苏　毅　(唱)筚路蓝缕志存高远,

　　　　　　开启山林意义非凡。

孟冰茜　(唱)你瘦弱别充英雄汉,

　　　　　　年过半百命知天。

　　　　　　最是孩子花烂漫,

　　　　　　热情切莫误少年。

苏　毅　（唱）成材更需苦磨炼，

　　　　　　　别惜风雨打荷尖。

　　　　　　　迁徙旗帜若不卷，

　　　　　　　老苏就是挑旗的杆。

孟冰茜　（唱）激扬使你缺思辨，

　　　　　　　偏执让你少前瞻。

　　　　　　　顽童秉性难改变，

　　　　　　　我只身一人回江南。

苏　毅　（唱）江南虽好路已断，

　　　　　　　故居易主门上闩。

孟冰茜　（唱）即使沦落马路畔，

　　　　　　　魂灵依附上海滩。

　　　　　（白）苏教授，请送我走吧！

苏　毅　小孟！

孟冰茜　别小孟小孟的，我已经不是你的学生了，我是你的妻子，希望你听听我的选择。

苏　毅　我主张你留下来，如果一些身体不太好的老教授不能来，不正好给了你们青年教师挑大梁的机会吗？

孟冰茜 （毅然地）我宁愿回上海扫马路！我受不了这儿的气候，我过不惯这儿的生活。（愤然进房）

苏　毅 （无奈地在房里走来走去）什么都会习惯的，连这棵橘子树都会习惯的，我坚信！

〔苏小眠从房内出。

苏小眠 爸，我有办法让妈妈留下来。

苏　毅 你……

苏小眠 我使劲掐妹妹脚丫子……（耳语）不就走不了啦。

苏　毅 嗨，可不敢把你妹妹掐坏了噢。

苏小眠 我有数。（诡秘地进房）

〔苏毅故作轻松地边吹口哨边给橘子盆景浇起水来。

〔孟冰茜提着大包行李从房内出。

孟冰茜 别浇了，你是懂得在南为橘，在北为枳的道理的，它在这儿是结不了橘子的。苏毅同志，我这里再次向大西北的钢铁卫士致敬了！两个宝贝孩子都给你留下了，西北风和秦腔，是会让他们的人生发出美妙无比的声音的。（欲走）

〔房内传来婴儿的哭声。

苏　毅　小枫还在吃奶……你……

孟冰茜　你多能啊,相信你会有办法的。(自言自语地)我看你回不。

　　　　[苏小眠抱着婴儿从房内出。

苏小眠　妈妈,留下来吧,我们应该和爸爸在一起。

孟冰茜　你爸爸要把你们卖给大西北了,你还要和他在一起?你要是同意,现在还可以跟我走。把你妹妹留给他。

　　　　[苏小眠将婴儿掐哭。孟冰茜难过地欲抱又止。

苏小眠　妈,我瞧不起你。人家都来支援大西北,你要是当了逃兵,我在班上就没脸见人了。你要好好考虑一下,我可是班长。

孟冰茜　好……好,你们都留下喝西北风吧,我走,我是逃兵……我是逃兵……(向门口走去)

　　　　[苏小眠将哭声更甚的孩子塞进母亲怀里,并紧紧抱住母亲。

苏　毅　冰茜!

　　　　(唱)留下吧,我们休戚一道。

　合　　(唱)留下吧,我们饥饱共匀。

苏　毅　（唱）留下吧,我们生死依靠。

　合　　（唱）留下吧,我们患难同巢。（父子俩紧紧围住孟冰茜）

孟冰茜　这……这是绑架!

　　　　［周长安跑上。

周长安　好消息,第二批西迁的同志,已从上海徐家汇登上西行专列!

苏　毅　（兴奋地）准备迎接!

　　　　［激越的《西迁之歌》起:

　　　　　告别江南,

　　　　　西迁,西迁。

　　　　　西北是黄河的起源,

　　　　　西北是文明的摇篮。

　　　　　用生命把沉寂的土地摇撼,

　　　　　用智慧把熄灭的薪火点燃。

　　　　　莫等待,莫顾盼,

　　　　　快卷起温馨的睡毯,

　　　　　速跨上西行的征鞍,

　　　　　西部在召唤,

西迁,西迁……

〔歌声中舞台后区呈现出宏大的西迁场面。

〔孟冰茜悄然收拾起行李,抱着孩子向房内走去。

第二场

〔十年后。

〔西部交大孟冰茜家。橘子盆景上出现了一两颗果实。强劲的西北风狂暴地推击着窗户。远处"打倒反动学术权威苏毅"的标语依稀可见。

〔孟冰茜在用辣子窝捣谷米。

孟冰茜 （唱）沙尘弥漫狂飙卷，

　　　　　　潮涌云动天地旋。

　　　　　　老苏天天受批判，

　　　　　　岁月戚戚如倒悬。

〔米杵跌落，砸在脚背上，孟冰茜抚脚痛哭。

〔腆着大肚子的杏花机警地上，敲门。

孟冰茜 谁呀？

杏　花 （轻声地）"要斗私批修！"我。

〔孟冰茜开门，杏花闪进。

杏　花 我的爷呀。我还怕你不在家呢。

孟冰茜　乱糟糟的,能到哪儿去呀。

杏　花　孟老师,你咋哭了?

孟冰茜　(急忙掩饰地)噢,没有。

杏　花　你这是……

孟冰茜　托人弄了几斤稻子,想捣点米,老苏和孩子……有好长时间没吃大米饭了。

杏　花　我的爷呀,我来帮你杵,你就不是干这活的人么。

(帮忙杵米)

孟冰茜　怎么,有孩子了?

杏　花　都九个月了,要不是给你送鸡蛋,我老汉都不让胡扑腾了。哎,听说学校出了好多坏人?

孟冰茜　你相信吗?

杏　花　我大说了,咱是贫农,得有阶级觉悟哩。

孟冰茜　苏老师就在受批判,你还敢把鸡蛋卖给我吗?

杏　花　苏老师……不可能吧?

孟冰茜　已经批斗好几天啦!

杏　花　我的爷呀。

孟冰茜　如果你觉得不合适那就……

杏　花　砍了头碗大个疤子,明天我给咱苏教授送点羊奶来补补身子。不过,能不能在学校外边找个地方……见面?

孟冰茜 我理解。

杏　花 也没别的意思,我是怕让人揪住,拉来搡去的,把娃失塌了。

孟冰茜 好,依你的安排。

杏　花 "革命不是请客吃饭!"明天学校东门外见。(自言自语地)我的爷呀!(拉起头巾包住脸溜下)

〔孟冰茜走到窗前,看看橘子盆景,气不打一处来地拿起书,狠狠将那几颗橘子打落在窗台上,进内室。

〔苏小枫牵着苏毅上。

苏　毅 (唱)西迁本为传薪火,

　　　　干柴方燃急雨泼。

　　　　雷动天裂大地破,

　　　　智者喑哑愚者歌。

苏小枫 爸爸,他们为什么要这样对你?你真是坏人吗?

苏　毅 (难过地)你看爸爸像坏人吗?等你长大了,就明白了,我的孩子!(故作刚强地抬腿进房)

［孟冰茜从房内出。

孟冰茜 老苏,你回来啦!没事吧?

苏　毅 能有什么事,不就是开开会,说说清楚嘛。

孟冰茜 今天……没站着?

苏　毅 (故作轻松地)哪能呢。

孟冰茜 你的膝盖怎么了?裤子……怎么破了?

苏　毅 (急忙掩饰地)没事,是……是回来摔了一跤。

　　　　　［苏小眠跑进门。身上明显有打过架的伤痕。

苏　毅 你……你打架了?

苏小眠 (愤怒地)他们为什么要打你,他们为什么要让你跪着?

孟冰茜 你开会……是跪着的……

苏小眠 爸!(扑跪在苏毅膝下)

孟冰茜 (泪水夺眶而出地)老苏!

　　　　　［一家人无言,抱头痛哭。

苏小眠 爸,他们老要你深挖当初积极主张西迁的动机,你的动机到底是什么呀?

苏　毅 爸爸是一个旧知识分子,从国外留学回来,经历了旧上海、旧中国的那个混乱,唯有上海解放那天晚上发生的事,给我留下了太深的印象……冰茜,你还记得那天晚上吗?

孟冰茜 记得,那天晚上大上海枪炮声四起,你紧紧搂着我和小眠,我们感觉是要天塌地陷了。

苏　毅 就在半夜三四点钟,枪炮声渐渐停了下来,整个大上海突然一片死寂,安静得几乎让人有些透不过气来……

孟冰茜 (情不自禁地进入叙述)可当天亮我们推开窗户一看,满大街竟然整整齐齐地睡着密密麻麻的解放军。他们是英雄之师,胜利之师,但没有张扬,没有扰民……

苏　毅 那种井然的秩序,让我顿时明白了他们能够结束一个混乱透顶的黑暗时代的原因。也就在那一刻,我产生了一个坚定的信念:他们是能使一个昏暗的旧中国走向光明的。

孟冰茜 从新中国成立第一天起,你爸爸那个积极呀,什么都走在别人前边。当国家决定交大西迁时,是他第一个站出来拥护这个主张,并鼓励很多人加入西迁的先头行列。十年来,他在这所学校倾心

　　　　　教学，夜以继日地完成了国家十几个科研项目，这动机还不明确？还要他交代什么动机？

苏　　毅　要说动机，那就是想在西北建立一所一流高校，让现代文明向纵深处辐射。我们没有什么险恶用心，也不是感情用事，这是民族历史演进的必然选择。孙中山先生在几十年前就讲过，没有强盛的西部，就没有这个民族的安宁……可今天……爸爸让你们蒙羞了……

苏小眠　爸爸！

［周长安急上。

周长安　准备好了吗？他们正在酝酿更大规模的批斗会，赶快跟我走！

孟冰茜　（不解地）走？

苏　　毅　噢，我跟长安商量了，你们还是跟他到乡下避一避吧。他家在关中农村，很偏僻。

孟冰茜　那你呢？

苏　　毅　系里那么多教授受到冲击，他们都是跟着我来的，这个时候，我得在前边扛着点哪！

孟冰茜　让孩子们去，我陪着你。

苏小眠　　妈,你和妹妹去,我陪爸爸。

苏　毅　　都别争了,赶快收拾走吧!(将孟冰茜和小眠、小枫推下)

　　　　　长安哪,我们已经有十年的交往了,我是打心里佩服你这条西北汉子呀!在这种时候,你能处处想着我,想着从上海迁来的这批老家伙,我……真不知怎么感谢你呀!

周长安　　苏教授,您千万别这样,我作为合并到这个学校的陕西籍教师,也是打心底敬重你们这批西迁来的大教授哇!

苏　毅　　我就害怕,你暗中帮了那么多人,会不会……

周长安　　我家三代贫农,出了十一位烈士,我到国统区上大学都是地下党安排的,属于根红苗正那一类型的,还没人敢动我。

苏　毅　　谢谢,谢谢啦!冰茜和两个孩子……我就托付给你啦!

周长安　　您就放心吧,苏教授!

〔苏毅突然撕开沙发夹层,颤颤巍巍地拿出一捆手稿。

苏　毅　长安哪！

　　　　（唱）十年科研心血浸，

　　　　　　偌大校园难藏身。

　　　　　　思前想后交与您，

　　　　　　万望善待妥保存。

周长安　（唱）感谢先生托大任，

　　　　　　关中自古多义人。

　　　　　　士为知己可折损，

　　　　　　相信手稿定留根。

苏　毅　拜托了，爱人、孩子……都拜托了！（深深给周长安鞠躬）

周长安　苏教授……（给苏毅还鞠躬礼）

　　　［孟冰茜从房内出。

周长安　还没好吗？再磨蹭就来不及了。（急忙进房帮忙收拾东西）

孟冰茜　老苏，给我梳梳头吧。（温顺地偎依在苏毅身旁）

苏　毅　冰茜，别一副生离死别的样子，一切都会过去的，会过去的。

孟冰茜　谁跟你生离死别了？我就没打算走。

苏　毅　不,我不能连累你,小孟!

孟冰茜　什么话,我是你妻子,我们的生命本来就连在一起。

苏　毅　可我不能让你……为我做无谓的牺牲啊!

孟冰茜　如果这个时候我不能和你站在一起,那我……还配做你的妻子吗?

苏　毅　冰茜!

孟冰茜　梳漂亮些,我就要漂漂亮亮地、小鸟依人地站在你身边,哪怕是上批斗会……

苏　毅　(感慨万端地)冰茜!我到西部来,从来没有后悔过,可今天……我真有点后悔,不该让你和孩子来呀!现在,我就是想让你们回去也……

孟冰茜　不,老苏,我一直都在后悔,不该来西部,可今天,你只要再往西迁,我还跟你走!

苏　毅　冰茜!

　　(唱)危巢之下亲情暖,

　　　　老泪纵横苦又甜。

　　　　愧对妻儿追随雁,

　　　　大雨倾盆遮挡难。

孟冰茜 （唱）叫声爱人,我生命的依恋,

　　　　　叫声导师,我起航的风帆。

　　　　　难忘大洋彼岸结成伴,

　　　　　难忘上海滩上肩并肩。

　　　　　难忘长安十载遮阳伞,

　　　　　难忘我任性娇纵你厚宽。

　　　　　打倒了你是我的百宝店,

　　　　　踏碎了你是我的珍珠衫。

　　　　　批斗会我搀你人前站,

　　　　　再跪下妻陪你把膝弯。

　　　　　危难中夫妻不分散,

　　　　　我是你永远的行星生命的港湾。

苏　毅　（老泪纵横地）小孟!（两人紧紧拥抱在一起）

　　　　〔雷声。

　　　　〔周长安背着小枫,拉着小眠,挎着行李上。

　　　　〔苍凉的《西迁之歌》起。

第三场

［十年后。

［西部交大孟冰茜家。苏毅油画遗像挂在墙上。那盆橘子树又结出几颗果实。

［校园内,学子读书蔚然成风。

［杏花提着鸡蛋篓子上。

杏　花　（唱）东边雨,西边云,

　　　　　　一跤子跌起来天放晴。

　　　　　　压垮的梁柱铆上榫,

　　　　　　打散的鸟儿归了林。

　　　　　　学生的发条又拧紧,

　　　　　　读书一夜成热门。（敲门）

孟冰茜　谁呀?

杏　花　我的爷呀,听不出来了,老熟人。

孟冰茜　噢,是杏花。（开门）怎么,又卖上鸡蛋了?

杏　花　嘘,小心人家割我资本主义尾巴哩。（进门）革命革命,差点把人的命都革失塌完了,我的爷呀。

（双腿习惯性地盘上沙发）

［孟冰茜惊异地瞅着,杏花有所察觉地将腿溜了下来。

［周长安提着一捆新书上。

周长安 孟教授,快看我把啥给你提回来了。

孟冰茜 （激动地）是老苏的专著,这么快就出来啦!

周长安 今天是苏教授三周年祭日,学校要开座谈会,我去催着拿了些样书。（递书）

孟冰茜 （爱不释手地）要不是你,老苏的这些心血早就付之东流啦!

杏　花 啥书,这金贵的？

周长安 你知道卫星发射不？这本书就和那个东西有关。

杏　花 我的爷呀,那是天书么。

周长安 （一笑）差不多。（说着也习惯性地双腿蹲在凳子上）

［杏花对周长安咳嗽了一声,周长安急忙把腿放了下来。

杏　花 噢,我有事先走了,你们谝。

孟冰茜　再坐一会儿嘛。

杏　花　不了,家里还鸡飞狗跳的。

孟冰茜　来,把这点糖果带回去给孩子吃,上海亲戚捎来的。

杏　花　我的爷呀,咋好意思,这么金贵的东西……

孟冰茜　快别说客气话了。(送杏花出门)

〔周长安蹲在了沙发前。

孟冰茜　你们陕西人真有趣,有凳子不坐,偏要(学方言)圪蹴着。

周长安　噢,习惯,习惯。

孟冰茜　我真怀念你家那个小院落呀,在那段最艰难的岁月,我们一家人最后是在那儿得到了保护。大姐她好吗?

周长安　身体一直不太行,老毛病了。

孟冰茜　她虽然一字不识,可真是一位了不起的关中大嫂哇!不知你们是怎么走到一起的?

周长安　我从小失去父母,因为她父母跟革命有些关系,地下组织就把我安排到她家里,我一直是她照顾大的。

孟冰茜　听说你上完大学以后才跟她结合的?

周长安　她为我付出的太多了。

孟冰茜　你们西北人真厚道,几乎是让人难以想象的厚道哇。

周长安　听说你要调回上海?

孟冰茜　有这事。

周长安　你一走,咱们的高功率脉冲技术队伍可就缺了领头羊啊!

孟冰茜　你不就是只头羊嘛。

周长安　可咱们的研究需要学科配合呀!

孟冰茜　二十年了,再不挪窝,孩子们都要彻底扎根了。

周长安　(看着橘树无限感慨地)都说在南为橘,在北为枳,苏教授把这盆从南方带来的橘树,还真嫁接出了果实呀!

孟冰茜　老苏这个人真是太执着了。

周长安　我多么希望孟教授也能这么执着哇!

孟冰茜　我已年过半百,无所谓了,关键是孩子,总不能让他们祖祖辈辈都留在这大西北吧?

周长安　是啊,西北是很艰苦,但我非常欣赏苏教授的那句话:哪里有事业,哪里有爱,哪里就是家呀!

孟冰茜 话虽那么说,可家毕竟还是安在一个相对舒适的地方好哇。你们关中农村盖房不是都很讲究风水吗?

周长安 噢,呵呵,有道理,有道理。哟,座谈会快开始了!

孟冰茜 咱们走。

〔周长安提着书捆和孟冰茜说着下。

〔苏小眠、古丽上。

苏小眠 (唱)西风把你送到大路上,
　　　　　黄沙把你卷到我身旁。

古　丽 (唱)太阳带你越过长江浪,
　　　　　月亮带你走进我心房。

苏小眠 (唱)听不够你陌上塞外唱,
　　　　　看不够你金发高鼻梁。

古　丽 (唱)达坂城的姑娘更漂亮,
　　　　　吐鲁番的瓜果分外香。

苏小眠 (唱)恨不得插上翅膀,

古　丽 (唱)怨不能比翼新疆。

苏小眠 (唱)今夜飞鸟相依傍,

古　丽　（唱）天山奶茶等你尝。

　　　　　（白）今晚走定了？

苏小眠　走定了。

古　丽　你妈要是坚决不同意呢？

苏小眠　我选择的事，是不会轻易改变的。

古　丽　我就喜欢你这种男子汉的性格。（猛地上前吻了一下）

苏小眠　当入学第一天，我发现班上有这么一位漂亮的新疆姑娘时，我就在默默向她靠近……（两人比肩）新疆对我来说有一种特殊的感情，我爷爷长眠在那里，我父亲生前也曾学过维吾尔语，说等他退休后，还要到新疆去进行社会考察，可他……

古　丽　我知道一说你父亲，你就很难过。

苏小眠　你先到车站等着吧，我会准时上车的。

古　丽　车站见！

苏小眠　（坚定地）车站见！

　　　　〔古丽背着行李下。

　　　　〔苏小眠进房，在父亲的遗像前端详了端详，进内室。

［苏小枫捧读情书上。

苏小枫 （唱）诗如雪片飘过来，

情真意切羞满腮。

同桌的你给我印象有点呆，

谁知冰中把火埋。

举家即将回上海，

北国之恋花难开。

美妙的诗意让它朦胧在，

无果的爱情月下不表白。

［苏小枫收起情书进门。

［苏小眠肩扛背驮着书籍、行李从房内出。

苏小眠 （面对父亲遗像）爸，孩儿选择您三周年祭日去新疆，我认为是对您最好的纪念。

苏小枫 哥，你……妈妈不是在上海已经给你找好工作了吗？

苏小眠 我和古丽相爱四年，这份感情……能随着大学毕业就轻易割舍吗？回上海，仅仅是把户口落到一个很普通的单位，而去新疆，是进一个高级科研所,很快就可能有机会挑大梁,无论事业、爱情,都使我义无反顾。

苏小枫 可你无论如何都应该让妈妈知道。

苏小眠 妈妈知道了,我还能走吗?

苏小枫 你不辞而别,妈妈会痛不欲生的。

〔苏小眠手中的行李"嗵"地落地。

〔孟冰茜拿着一捧鲜花上。

孟冰茜 (悄然拭泪地)老苏,你在天之灵应该得到告慰啦。原谅我不能在这里陪你,我和孩子们要回上海啦!(进门)你……你这是干什么?

苏小眠 妈!(跪地)

(唱)孩儿赴新疆,

　　　临行泪两行。

　　　有违慈母热望,

　　　负罪叩拜高堂。

〔孟冰茜踉跄了一下,苏小枫急搀扶。

孟冰茜 (唱)多少次劝阻潮还涨,

　　　多少次拦挡马脱缰。

　　　为什么祖孙执拗一个样,

拼命往西难更张。

孩子呀——（拉起苏小眠）

妈妈已近斜阳，

去南留北都无妨。

你们人生茁壮，

天地选择第一桩。

苏小眠 （唱）梦是理想的银色翅膀，

爱是幸福的金色池塘。

孟冰茜 （唱）你爷爷梦断在戈壁滩上，

你爸爸爱留在西部讲堂。

妈不愿再听你把《阳关三叠》唱，

回故乡可带上你维族姑娘。

苏小眠 （唱）神秘的新疆是我生命的向往，

孟冰茜 （唱）诗人的夸张不是生活的行囊。

苏小眠 （唱）开弓没有回头的箭镞，

跃马不能凌空收缰。

孟冰茜 （唱）生活应有理性的抉择，

成才更需环境保障。

苏小眠 （唱）爷爷在大漠实现理想，

爸爸在西部著就华章。

您也在长安把事业开创，

学术精进成交大的栋梁。

孟冰茜 （唱）你应站上巨人肩膀，

走出内陆眼界围墙。

建构骄人的学术气象，

缔造生命的顶尖辉煌。

苏小眠 （唱）您的愿望正是儿的航向，

您的寄托正是儿的担当。

青山绵长英才广，

是金子哪里都放光。

妈妈呀，请给儿力量，

妈妈呀，请送儿翱翔，

儿定要踏上神奇的丝绸之路，

儿定要亲吻炽烈的大漠太阳。

孟冰茜 （唱）扳不回的舵桨，

缚不住的儿郎。

如若执意再西往，

从此别来见亲娘。

苏小眠　妈——！（痛苦异常地）恕儿不孝！（扑跪）

孟冰茜　你……你……（百般无奈）

〔伴唱声起：

　　天地做广厦，

　　日月做灯塔。

　　哪里有事业，哪里有爱，

　　哪里就是家。

〔伴唱声中孟冰茜再次阻拦无效，苏小眠毅然离去。

〔远处，苏小枫送别哥哥剪影。

〔火车汽笛声、铁轨轧轧声震耳欲聋，久久回响。

〔孟冰茜扶着苏毅微笑的遗像失声痛哭。

孟冰茜　为什么？你们这一家人怎么啦？祖孙三代都这样？

〔苏小枫、周长安上。

周长安　孩子大了，你就尊重他们的选择吧！

〔窗外传来学子的歌声：

　　老师您留下，

　　妈妈您留下。

> 我们是您的孩子,
>
> 长安是您的家。

孟冰茜　这是怎么回事?

周长安　你的学生听说你要调回上海,他们集体挽留你来了。

　　［孟冰茜打开窗户,热切地向窗外望去,泪水夺眶而出。

周长安　很多学生都是冲着你们这批教授,才考进这所大学的,有的孩子干脆是冲着你的名望,才走进这个系的。他们的学习热情是我当老师几十年都没见过的,你不能伤了他们的心哪!学校也在挽留你,决定让你担任系主任,完成苏教授未竟的事业。西迁二十年,不就等的这一天吗?恢复高考制度,强化科研能力,大家都盼着你这样的顶尖人才留下来呀!

　　［校园歌声再起。

　　［一条横幅在昔日张贴"打倒反动学术权威苏毅"那条标语的地方拉起,内容是"孟教授请留下!"

孟冰茜　(唱)见青春热泪眼湿润,

听上进呼声沐甘霖。

才痛逆子别母狠,

又惜学子求知殷。

不回犹含终生恨,

欲走情惑双肩沉。

精心设计总修正,

起锚难解船缆绳。

儿子天边去安顿,

老苏魂安灞桥滨。

父子偏执让人气愤,

父子违拗令人痛心。

父子的坚毅也使人感奋,

父子的背影总给人精神。

西迁二十年未退阵,

风雨后何必急脱身。

担当起老苏负过的重任,

扬帆归去等待来春。

(白)小枫,看来苏家东归的任务就落在你的肩上了。

苏小枫　妈,我听您的话,一定回!

〔校园内学子读书殷殷。

〔孟冰茜感慨万端地又拿起了课本、教鞭。

第四场

［数年后。

［西部交大孟冰茜家,那盆橘树结着更多的果实。

［杏花又一次腆着大肚子上。

杏　花　（唱）手放开,脚放展,

　　　　　　　一出门大马路也放宽。

　　　　　　　领口放到了胸脯前,

　　　　　　　裤角放过了一尺三。

　　　　　　　到处都放松又放胆,

　　　　　　　学校门卫咋这严?

　　　　（白）我的爷呀!（喊）孟教授,孟教授!

　　　　［孟冰茜从房内出。

孟冰茜　谁呀?（开门）

杏　花　（拍拍大肚子）我和改革看你来了。

孟冰茜　噢,快进来!行动都这么不便了,还顾着卖鸡蛋呢?快请坐!

杏　花　坐不下了,我老汉发话了,要想生得喀里马扎,锻炼的力度要加大了。

孟冰茜　还准备生下去吗?

杏　花　过去呀说人多力量大,现在我老汉又说,多了不顶啥,关键要值镘(钱)哩。

孟冰茜　什么意思?

杏　花　嫌我生不出教授么……(自知失口)我的爷呀,就是说,生下的娃得有本事,活得要重秤哩。

孟冰茜　噢,你是说要受良好的教育。

杏　花　哎呀,总算把你给说明白了。(一条腿盘上了凳子)我老汉儴我呢,说我在交大上自校长老婆,下至伙夫炉头,没有不熟堂堂的,(第二条腿也盘上了凳子)能不能……叫我家文革先上个交大附中,近水楼台先得月,将来也好上交大,他想彻底改变一下品种哩。(突然发现孟冰茜在看自己盘上凳子的双腿,又不好意思地放了下来)

孟冰茜　(笑了笑)好,我帮你说说。(看表)哎哟,对不起,我得到车站接人去了,老同学要来。(神秘地)给小枫还带来个对象。

杏　花　上海的?

孟冰茜　嗯。

杏　花　我的爷呀,这下总算圆了你让闺女回上海的梦了。

孟冰茜　噢,给孩子带点杏干儿回去,上海产的。(与杏花说着下)

　　　　［苏小枫拿着一枝红玫瑰上。

苏小枫　(唱)情如箭矢破关隘,

　　　　　　我阵阵退却步步歪。

　　　　　　同窗的你给我感觉还挺帅,

　　　　　　敢作敢为真情怀。

　　　　　　人生放歌不言败,

　　　　　　北国之恋花已开。

　　　　　　燃烧的诗章,冲决的血脉,

　　　　　　似火的爱情月下已表白。

　　　　［苏小枫打电话。

苏小枫　哥,我恋爱了,陕西人,完全违背妈妈的意愿,怎么办呀?

　　　　［穿着实验室工作服的苏小眠幻出。

苏小眠　(唱)祝福你人生添异彩,

苏小枫　（唱）又一次违拗妈妈的安排。

苏小眠　（唱）是不是那个秦川麦？

苏小枫　（唱）遭遇激情也曾久徘徊。

苏小眠　（唱）相信你选择不轻率，

　　　　　　　慢慢对妈诉衷怀。

　　　　　　　别学哥再把她伤害，

　　　　　　　强行出走理不该。

　　　　　　　妈总想给我们很多爱，

　　　　　　　经久方能读明白。（幻出）

〔门外传来尹美兰的咋呼声："哎呀，冰茜，几十年了，还住着这套老房子呀！"

〔孟冰茜陪着尹美兰上。

尹美兰　好歹也是个系主任嘛，该住得宽敞些啦！

孟冰茜　学校正在盖专家楼。

尹美兰　（进门）噢嗬，不容易不容易，住在大西北快三十年了，家中一应摆设，竟然还保持着老上海的情调，真是太不容易啦。（见苏小枫一把搂住）噢嗬，我的小心肝儿耶，快让阿姨看看，长变了没有，噢嗬，丑小鸭已经变成白天鹅啦。

孟冰茜 小枫啊,你尹阿姨这趟可是专门为你来的。

尹美兰 不不不,一石两鸟,也是深入生活来了。

苏小枫 深入生活?

孟冰茜 你尹阿姨改行当作家了。

苏小枫 哎呀,尹阿姨,前两年您不是还在人事局吗?

尹美兰 整天跟人打交道太没劲。不称心就换,这是我的生存原则。

孟冰茜 你尹阿姨就是能折腾。

尹美兰 算你说对了,我这个人可是太喜欢折腾了,绝不在一棵树上吊死。索尔·贝娄说过:死缠在一棵树上结网的蜘蛛都是愚蠢的蜘蛛。

孟冰茜 索尔·贝娄是谁呀?

尹美兰 噢嗬,连索尔·贝娄都不知道,西方多有名的现代作家呀,看看这西部把你们的眼界遮蔽的。五七年我从西安一回去就改行了,进过银行,干过民航,管过党务,当过处长,就凭这丰富的阅历,都是一本引人入胜的大书哇!

孟冰茜 (暗示地)哎,别跑题了噢。

尹美兰 噢嗬,我的小美人呀!

(唱)除了写书还抬轿，

　　　　花轿迎你凤还巢。

　　　　候选快婿是博士，

　　　　留学归来一天骄。

　　　　遵照你妈的教导，

　　　　把祖孙三代都细淘。

　　　　学者世家非假冒，

　　　　本人已专程前来接受你推敲。

苏小枫　谢谢你，尹阿姨，婚姻我是要自己选择的。

　　　　［尹美兰尴尬地看了一眼孟冰茜。

尹美兰　你妈这个老牌资产阶级大小姐有个观点，说知识贵族至少需要三代才能熏陶出来，这样的人现在可是不大好找哇！

　　　　［苏小枫收拾起了桌上的玫瑰花。

孟冰茜　(有些难为情地)对不起，让我先跟她沟通沟通好吗？

尹美兰　也好，我先到文联、作协去看看。小枫啊，大上海可是急切盼望丽人东归呀！（下）

孟冰茜　你好好考虑考虑吧，妈也是煞费苦心哪！

苏小枫 妈,在婚姻上你能不能尊重我的选择?

孟冰茜 我早就知道你的选择,不就是那个秦川麦吗?瞧瞧这名字。

苏小枫 他是你最优秀的研究生,你不是一直让我向他学习吗?

孟冰茜 我是让你学习他持之以恒的勇气,刻苦钻研的精神,可你……你知道他的外号叫什么?

苏小枫 "陕西楞娃"。

孟冰茜 他骨子里透着西北人生、冷、噌、倔的个性,你们之间的文化差异那么大,结合到一起怎么能够幸福哇?

苏小枫 妈!

(唱)幸福是心灵的体验,

　　　幸福是感觉的琴弦。

　　　与川麦心心相印事业共勉,

　　　这就是幸福的源泉。

　　　陕西楞娃楞在坦率少遮掩,

　　　陕西楞娃楞在赤诚心胸宽。

　　　陕西楞娃楞在清贫不轻贱,

>陕西楞娃楞在激流敢闯滩。
>
>川麦他学业优异目光远,
>
>为人敦厚品行端。
>
>求你恩准遂儿愿,
>
>为我们深情祝福鼓风帆。

孟冰茜 (异常坚定地)绝对不行!

苏小枫 妈,这是为什么?

孟冰茜 爱情仅仅是人生的一个驿站,而你的人生道路还长得很,你必须回上海,这是我对你的全部要求。

苏小枫 妈,我觉得你对生活了快三十年的大西北有成见。

孟冰茜 (一怔)你……(情绪有些难以自持地)这话……这话要是别人说……我会愤怒的。

>(唱)几多次捧调令犹藏褥枕,
>
>八方邀高薪聘不曾登门。
>
>挑大梁搞课题一流水准,
>
>育桃李满天下万里浓荫。
>
>在西部染白了半百双鬓,
>
>献了青春献终生我已了无怨痕。
>
>你哥哥在新疆备受艰辛我早耳闻,

　　　　　心疼之余更坚定了让你东归的决心。

　　　　　细思想这种要求不过分,

　　　　　望你怜母拳拳之心点头依遵。

　　（白)算妈妈求你了！

　　[苏小枫哭着跑进内室。

　　[孟冰茜听着哭声徘徊于屋中。

　　[周长安拿着一双布鞋上。

孟冰茜 周教授来了,请坐！

周长安 孩子怎么哭了？

孟冰茜 噢,没啥,我说了几句。

周长安 (故意用鼻子嗅嗅)嗯,我咋闻着一股封建残余味儿。

孟冰茜 瞎说。(故意扯向一边地)噢,嫂子去世……有半个月了吧？

周长安 十五天啦！

孟冰茜 你要节哀呀！

周长安 这是她走以前给你纳的一双棉窝窝,我说你不穿这个,她说西北冷,在实验室一熬一夜,上了年岁,容易冻脚……

孟冰茜　（双手颤抖地接过布鞋，深情地）一针一线的……太耐人品读啦！长安哪，我去吊唁大嫂回来半个月一直在想，那么普通的一个人，为什么让我们都如此敬佩和感动呢？

周长安　从我和我老伴几十年的生活中，我悟出了一个道理：爱是可以穿越一切身份、地位、年龄、性格、环境差别的，只要能激活那颗彼此跳动的心。

孟冰茜　是，你们的故事真是惊世骇俗哇！

周长安　现在有些爱情我已读不大懂了，对环境条件的追求甚至超过对感情浓度的探究，这能引爆人生进取的核反应吗？

孟冰茜　你……追问得很深刻。

周长安　这么说孟大教授的感悟和鄙人是一样的了？

孟冰茜　一样，一样。

周长安　那我就要探讨一个实质性问题了。

孟冰茜　（一愣）说，你说。

周长安　有一个孩子，被他的老师资助上完大学后，又上了她的研究生，由于家境贫困，这位导师为了让这位高才生继续攀登，先后几十次捐赠，甚至连牙膏、被褥、碗筷都一应齐备……可这个不争气的孩子,不该是个陕西农村娃。

孟冰茜 你……

周长安 这娃还特别不懂事,他怎么可以爱上他那个封建血统论批判不彻底,封建门第观清洗不及时的老师的宝贝女儿呢……

孟冰茜 别说了!

周长安 我要说,你孟冰茜看不起陕西农村娃,可是把我周长安得罪深了。这个孩子咋?品学兼优,他一天省吃俭用,还托举着同在这所大学就读的妹妹。你嫌人家娃身上有一股愣劲儿,愣劲儿咋?这种愣劲儿一直使他保持着全班各科成绩第一的水平……这是他写给导师的一封信,孟教授,就请您从心底接纳这个孩子吧!我可不愿看到这个好孩子因此人生受挫哇!(递过信后下)

〔孟冰茜捧读书信。

〔画外男声独唱:

　　叫一声孟老师我泪如雨下,

　　感恩情再冒昧喊一声妈妈。

    我会用生命爱你所爱,

    让小枫成为幸福之花。

    即使命运阴错阳差,

    爱你家是我永远的报答。

 〔孟冰茜感动地擦泪。

 〔苏小枫提着行李从房内出。

孟冰茜　你……这是……

苏小枫　(木然地)回上海。

孟冰茜　(不解地)你……同意了?

苏小枫　哥哥已经伤透了你的心,我……一切谨遵母命!

孟冰茜　(一阵寒栗地)我……我这是……逼婚?

苏小枫　这是他写给我的全部诗书,还有我们共同研究的课题,都请转交给他,并请您告诉他,苏小枫……不配享有他这份感情!(哭着拿起桌上的那枝红玫瑰欲下)

 〔孟冰茜急忙阻拦。

 〔苏小枫继续往外冲。

孟冰茜　(一把搂住女儿)孩子!

  (唱)别把妈妈心灵揉碎,

　　　　疼你是妈妈恒定的星辉。

　　　　想你们所想是妈妈的梦寐，

　　　　爱你们所爱是妈妈的情归。

　　　　既然情丝已织成经纬，

　　　　妈妈添彩绣上红梅。

　　　　我也对这块厚土渐渐迷醉，

　　　　犹对那生死真情常怀惊雷。

　　　　跟川麦日子艰苦妈妈补缀，

　　　　再登攀前路艰辛妈妈助推。

　　　　望你们事业有成含英咀翠，

　　　　祝福你们恩爱有加比翼齐飞。

苏小枫　妈！（激动地扑进妈妈的怀里）

〔合唱起：

　　　　天地做广厦，

　　　　日月做灯塔。

　　　　哪里有事业，哪里有爱，

　　　　哪里就是家。

第五场

[20世纪90年代初。

[孟冰茜新居。窗外校园树木葱茏,现代化建筑此起彼伏。

那盆橘树果实累累,远远望去,犹似一座金黄的宝塔。

[杏花上。

杏　花　（唱）大树遮,小树掩,

　　　　　　一片绿网严了老校园。

　　　　　　墙外的生意起火焰,

　　　　　　院里的日子静如潭。

　　　　　　都说导弹比鸡蛋贱,

　　　　　　难道学问又窝酸?

　　　　　（敲门）孟教授,孟教授!

[周长安上。

周长安　不在?

杏　　花　好像没人。

周长安　那可能还在实验室。

杏　　花　我的爷呀,星期天都不休息?

周长安　在这个院子里,有星期天的人可不多哇!

杏　　花　外面生意都做疯了,钱都挣肿了,你们还能坐得住?

周长安　(玩笑地)坐不住就蹲下呗。(蹲)

　　　　〔杏花也吹吹地上的灰,习惯性地盘坐下来。

杏　　花　听说知识又贱了,搞导弹不如卖鸡蛋了?

周长安　这叫社会转型期。

杏　　花　又朝哪儿转么?人都给转糊涂了。我辛辛苦苦供大娃上了个交大出来,活得还不如伢隔壁倒卖钢材的朱二蛋么,那个溜光锤子连小学都没毕业。

周长安　那种投机行为长不了,随着新的经济秩序的建立,知识经济时代很快就会到来。

杏　　花　啥叫个知识经济?

周长安　简单地说,就是越有知识越赚钱。

杏　　花　那你们知识都能装几箩筐,咋一月还没我卖鸡蛋挣的钱多呢?都能服气吗?

周长安 拿五十八块五,我们是这一干;拿五百八十五块还是这一干;不给钱,我们可能照样进实验室。

杏　花 那倒为啥吗?

周长安 怎么说呢,是一种使命吧!

杏　花 啥叫个死(使)命?

周长安 (感到难以解释清楚地)这么说吧,社会就好比人的身子,无论其他地方咋晃动,这脊梁骨都得撑硬。

杏　花 我的爷呀,你是越说越黏,我是越听越糊涂,咱笨想,那不管弄啥都得值镘(钱)哩么。

[苏小枫拿着一束鲜花、一篮水果上。

苏小枫 周叔叔,杏花阿姨,我家可没有聘你们当门卫呀!

杏　花 哎呀,你回来了好,把人急的,这是科技变蛋,味道好得太。

苏小枫 进去坐一会儿吧,阿姨!

杏　花 不了,你叔还在门口等我哩,迟了伢冷谳哩。
（下）

[周长安和苏小枫进门。

苏小枫 周叔叔,听我妈说,你去上海开会,不是明天才回来吗?

周长安 今天……不是你妈生日嘛。

苏小枫 谁告诉你的?

周长安 我……我从你妈身份证上发现的。

苏小枫 真是有心人哪!不过我妈说了,今天可是不邀请任何人的。

周长安 我也算是那个……"任何人"?

苏小枫 (故意地)好像没有什么特殊例外的吧?

周长安 那倒也是,那倒也是。

苏小枫 不过我可以通融一下,你得配合。

周长安 配合?

苏小枫 先去换一身衣服,最好是西装革履,背带裤。

周长安 我……嘿嘿……从来就不穿那个……

苏小枫 要投其所好哇!

周长安 那……那我给咱买去。(欲走)

苏小枫 哎,再刮刮胡子。

周长安 噢噢……(转身与上场的孟冰茜撞了个满怀,有些不知所措地"噢噢"着急下)

孟冰茜　这是搞什么鬼？

苏小枫　噢,周叔叔他……知道你今天过生日啦。

孟冰茜　谁告诉他的？

苏小枫　人家早都知道了,今天是提前回来的。

孟冰茜　我不是说不请外人吗？校长我都推了。

苏小枫　周叔叔说他……不是外人。

孟冰茜　他又怎么能例外呢？理论上讲不通嘛。

苏小枫　那就往情感上讲嘛！

孟冰茜　什么乱七八糟的。

苏小枫　我和哥哥的意思是……你和周叔叔……

孟冰茜　什么什么？你们怎么能把我和周长安联系到一起？

苏小枫　他人挺好的呀,专业上堪称一流,科技成果连连获国家大奖,为人又耿直、敦厚,你们不是很谈得来吗？

孟冰茜　那是事业上的合作。

苏小枫　生活上……也可以做些谈判嘛。

孟冰茜　再别瞎讲,生活上那么粗糙一个人,和我……真是乱弹琴。

　　　　　　　〔苏哲跑上。

苏　哲　奶奶！姑姑！

孟冰茜　孙儿……

苏　哲　爸爸妈妈都回来给您拜寿啦！

　　　　　　　〔苏小眠、古丽上。

苏小眠
古　丽　妈！

孟冰茜　孩子！（一家人紧紧拥抱在一起）

苏小眠　（唱）梦中常把妈妈见，

古　丽　（唱）双鬓白发又增添。

苏小眠　（唱）不孝儿置身千里远，

古　丽　（唱）问寒不能在床前。

苏　哲　（唱）听我汇报事一件，

　　　　　　　期末考试又拔尖。

苏小枫　（唱）大树挺拔小树矫健，

孟冰茜　（唱）祖孙三代喜团圆。

　　　　（白）你爸爸真是走得太早啦！看看这金橘，结得多好哇！

苏　哲　我爸给他实验室也栽了一盆。

苏小眠 哎,川麦呢?

苏小枫 他和上海方面正合作一个实验项目,妈不让他回来。

孟冰茜 我是不主张搞什么祝寿,小枫非要张罗,千万要低调,我可不喜欢闹。

〔周长安西装革履地上,手里拿着一幅书法作品。

周长安 都回来啦!

苏小眠 周叔叔好!

〔苏小枫突然发现周长安的西服口袋被撕得耷拉了下来。

苏小枫 周叔叔,你这是……怎么搞的?

周长安 (才发现地)噢,嘿嘿……刚从商场出来,让个二尿小伙子……嘿嘿,给了两拳。

孟冰茜 你……还打架?

周长安 一个街痞欺负乡下人,我从小就看不惯这一点。

孟冰茜 那也犯不着动手哇!

周长安 人家不讲理,抡起来就几下,我……嘿嘿……还给倒树上了。

〔众笑。

孟冰茜 你们看看,都快成学部委员了,还打架斗殴。

苏小眠 我从小就喜欢周叔叔这种身体力行的风格。

周长安 粗糙,嘿嘿,总的来说还是有些粗糙。

苏小枫 来,快脱下来,我给缝缝。(故意对母亲)哟,还是上海牌的。

周长安 噢,上海的,上海的,我喜欢上海的。

孟冰茜 (仔细打量着穿背带裤的周长安)哎呀,周长安先生,没看出你还能装点出这样一种风采呀!

周长安 嘿嘿,风格不是很统一。

苏小枫 妈,你们聊,我们做饭去。

孟冰茜 哎……

苏小枫 (嗔怪地)妈!(暗示苏小眠、古丽、苏哲进内室)

〔两人突然找不到了话题。

周长安 我……我给你写了副对联。

孟冰茜 哎呀,都说周教授的墨宝是长安一绝,字字千金,我可是不胜荣幸哪!

周长安 早都想给你写,咋都写不好。

〔两人展开对联,孟冰茜深情地诵读。

〔伴唱:

　　　　南木北植冰心一片催千树，

　　　　东基西奠宏图万里泽百年。

孟冰茜　太过奖了，这是对一代西迁人的褒奖啊！

周长安　你是他们中的优秀分子嘛。

孟冰茜　这礼物太珍贵了，内容配上苍劲稳健的书法，相得益彰啊。难怪除了科学家的头衔，你还有一顶书法家的桂冠呢。

周长安　在咱陕西可千万别说你是书法家。

孟冰茜　怎么了？

周长安　你没听人讲笑话，说在古城墙下的公厕里蹲了十个人，其中九位都是书法家。

孟冰茜　那还有一位呢？

周长安　著名书法家。长安的传统文化深厚得可是你们上海没办法比的呀！（说着两腿习惯性地蹲上了凳子）

　　〔孟冰茜难为情地看了看，周长安又尴尬地溜了下来。

孟冰茜　穿西服……（学方言）圪蹴下，风格是有些不统一。这个深厚传统恐怕也得改一改啦！

周长安 噢,应该改,应该改,这个传统应该改。(故意正襟危坐)

孟冰茜 这样不是很好嘛!

周长安 嘿嘿,两个字:憋屈。

　　［尹美兰上。

尹美兰 哈喽!

孟冰茜 美兰!

尹美兰 这不是周教授嘛,我怎么老在冰茜家见你,是不是图谋不轨呀?噢嚯,也开始西化了,怎么哪儿总看着别扭哇?

孟冰茜 你呀。这次来西安,还是为你的小说搜集什么素材吗?

尹美兰 连成名作家都下海了,我还去坐那冷板凳?改做书商啦!

孟冰茜 书商?

尹美兰 陕西的作家不是多如牛毛嘛,我这次就是专门来做他们的生意的。冰茜哪!

　　(唱)大街小巷人潮滚,

　　　　你来我往生意人。

> 教授逊于小贩婶,
>
> 写书不如卖书灵。
>
> 实验室里板凳冷,
>
> 赶快掉头去热身。

[苏小眠、苏小枫、古丽、苏哲摆酒席上,纷纷与尹打招呼。

尹美兰 哎哟,都回来啦!我的戍边将士耶,不过五十几岁嘛,怎么老气成这样啦?大热天的,还戴什么帽子呀?

苏小眠 (急忙掩饰地)噢,习惯,习惯。

尹美兰 支援边疆十几年了吧?

苏小眠 十八年了。

尹美兰 哟,够一个王宝钏守寒窑的时间啦,都没准备往回调?

苏小眠 还没想过。

尹美兰 你看看你们这一家人,香港、澳门马上都要回归啦。除了这位达坂城的姑娘,还有什么吸引着你呀?是不是工资很高?

苏　哲 我爸说他一月工资刚够买一床全毛毛毯。

尹美兰　是不是被排进什么第三梯队啦？

苏小眠　（笑了笑）早过那年龄啦！

尹美兰　不就是个研究所副所长嘛，充其量也就副处吧，值得把青春全部往那儿撂吗？

苏　哲　我爸是全国劳模，有突出贡献专家。

尹美兰　对应级别多高？折合人民币多少哇？

苏　哲　我爸什么都不缺，就是钱缺点，单位集资盖房，他还借了人家好几万呢。到现在还让我看黑白电视，一拍才有人影。

　　　　［苏小眠急忙阻挡。

尹美兰　你看看，你看看。

古　丽　他的研究成果不仅用于航天工业，而且还为新疆能源开发创造过几千万利润。

尹美兰　个人提成是多少哇？

周长安　（气愤地）够啦！

　　　　［大家面面相觑。

苏小枫　好了，咱们开席吧！苏哲，给奶奶唱《祝你生日快乐》。

尹美兰　啊，今天是老同学生日？真是来得早不如来得巧哇！快唱！

［苏哲唱《祝你生日快乐》，众合。

尹美兰 冰茜哪！

（唱）借花献佛面相对，

人生百味都入杯。

西迁拓荒苦遭罪，

坚守不知为哪回？

周长安 （唱）敬酒含的啥滋味？

追问凭的何作为？

世事颠倒车越轨，

座上谁堪你悯悲。（猛饮一杯）

尹美兰 （唱）黄土高坡人性匪，

秦腔开口裂炸雷。

我劝老乡早引退，

何故劳你来凶眉。

周长安 （唱）自古脊梁俱尽瘁，

唯有庸才卧芳菲。

嘈嘈切切燕雀辈，

无志安懂鸿鹄飞。（再饮，微醉）

尹美兰　（唱）土气教授铁壳嘴，

　　　　　　　再能还是土一堆。

周长安　（唱）难忍市侩强诋毁，

　　　　　　　热血涌顶拳欲挥。

　　　　［周长安紧握拳头在房里来回走着。

尹美兰　你……你想干什么？

周长安　我……我想……（终于忍无可忍地一拳砸在饭桌上）

　　　　［全场木然。

孟冰茜　（气恼异常地）干什么，你们这是干什么？

尹美兰　对不起，我是好心。太恐怖了，这儿太恐怖了……（急下）

周长安　对不起，我……向你们赔礼了！小眠，叔叔向你……表示敬意！（深深鞠躬）叔叔这字从来不卖，但为了我娃能住上一套像样的房子，叔叔……卖字去……（踉跄）

　　　　［苏小枫搀扶周长安下。

孟冰茜　小眠，妈妈最近才知道，十几年前，你野外考察，冻坏了三个脚趾头……全截啦……你们都瞒着我。你的科研与辐射有关,头发……大量脱落,你不希望让妈妈看到那副形象,妈也不忍心看,可今天……你就脱下帽子、鞋子,让妈看看吧!

苏小眠　妈,没啥!(不愿脱帽)

孟冰茜　你就让妈好好看看吧!

〔苏小眠微笑着脱帽,一头乌发只剩一圈边沿。

苏小眠　妈,没有啥,真的没有啥,男人嘛!

孟冰茜　(泣不成声地)儿子!

(唱)少小离家老大回,

　　　春华不再旧颜非。

　　　悄悄对妈说声悔不悔?

　　　轻轻对妈道声亏不亏?(轻轻抚摸着苏小眠的脚)

苏小眠　(唱)妈妈别为儿掉泪,

　　　冬冷尚伴俏红梅。

　　　有酸涩,有苦水,

　　　咽下去还有美酒一杯。

　　　说悔也不悔,

　　　说亏也不亏。

　　　　　　悔在当初出走太冒昧，

　　　　　　亏了妈妈亲情似春晖。

　　　　　　不悔西行清贫铅华褪，

　　　　　　不亏域外科研成果斐。

　　　　　　欣慰常抱蓝图舒块垒，

　　　　　　满足总挑重担不寒微。

孟冰茜　（感慨万千地）儿子！

　　　　（唱）我总看到你爷爷的背影，

　　　　　　我总听到你父亲的回声。

　　　　　　苏家一个个骨瘦身板硬，

　　　　　　钟情一片热土就死活恋一生。

　　　　　　我爱你们这股男儿血性，

　　　　　　我爱你们这片丹心赤诚。

　　　　　　也怨你们固执己见天地难撼动，

　　　　　　更爱你们辈辈杰出树木葱茏。

　　　　　　最揪心儿身体千万要保重，

　　　　　　五十岁知天命悠着往前冲。

　　　　　　妈要一座丰碑如山高耸，

　　　　　　更要一棵生命似柏长青。

苏小眠　妈！会的,一定会的,只是您也要好好保重身体呀!

孟冰茜　放心,妈这身子骨还硬朗着呢。

苏小眠　妈,有一件事刚才没好跟您说,我今晚还必须返回新疆。

孟冰茜　怎么这么急?

苏小眠　我负责的一个项目,技术上出了点问题,还等我回去检测。

孟冰茜　问题大吗?

苏小眠　我回来也正是为了请教您的。(拿出一厚本设计蓝图)这是国家在新疆建设的一项重点工程,投资七个多亿!

孟冰茜　(戴上老花镜看了看)比较麻烦,恐怕需要到现场去解决。这样吧,我跟你们走一趟。

苏小眠　妈,绝对不行,那儿您适应不了。

古　丽　那儿是个风口,小眠他们到工地,有时都需要用绳子把腰拴着。

孟冰茜　只要儿子能去的地方,妈妈就能去!

苏小眠　　妈……
古　丽

孟冰茜　　别说了,对于我们这个家庭来说,还有比这更重大的事情吗？小枫,给妈收拾行李,把妈的存折拿出来。把大彩电也带上。

苏小眠　　妈……
古　丽

孟冰茜　　不是给你们的,是给孙儿的。无论咋亏,都不能亏了孩子呀！

苏　哲　　奶奶！

〔四周围起了捧着红烛唱英语歌《祝你生日快乐》的学子。

苏小眠　　(饱含热泪地)妈,让我们一人敬您一杯酒再走吧！

　　　　　(唱)敬您,妈妈,

　　　　　　　我们事业的旗帜人生的彩霞。

古　丽　　(唱)敬您,妈妈,

　　　　　　　爱心浓过天山奶茶。

苏　哲　　(唱)敬您,奶奶,

　　　　　　　寿比祁连山脉高大。

苏小枫　（唱）敬您,妈妈,

　　　　　　　儿女的福音校园的奇葩。

众学子　（唱）敬您,导师,

　　　　　　　我们智慧的源泉知识的宝塔。

孟冰茜　（唱）敬你们,孩子,

　　　　　　　国家的栋梁我生命的荣华。

　众　　（唱）干杯,妈妈!

孟冰茜　（精神矍铄地）出发!

　〔合唱起:

　　　　　天地做广厦,

　　　　　日月做灯塔。

　　　　　哪里有事业,哪里有爱,

　　　　　哪里就是家。

第六场

［2007年夏。

［上海孟冰茜故居。透过窗户能清晰地看到陆家嘴开发区。

苏毅的油画像和周长安的书法作品悬挂厅中。那盆橘树只剩下了绿叶,果实全无。

［伴唱:

　　五十年阔别老房矮,

　　旧主人告老还乡重安排。

　　曾经温馨的老宅,

　　新婚燕尔的楼台。

　　人生从这里出海,

　　征帆从这里归来。

　　久远的期待,

　　沧桑的剪裁。

［杏花操着上海腔叫卖"草鸡蛋——"上。敲门。

孟冰茜　谁呀？

杏　花　(继续谝上海话)上海阿拉。

　　　　[孟冰茜开门。

孟冰茜　(惊讶地)怎么是你？

杏　花　我的爷呀,没想到吧？(独自先笑弯了腰)

孟冰茜　快进来快进来。怎么到上海来了？

杏　花　你们当初支援大西北哩,我儿子现在也来支援上海么。伢让一个啥子……(上海话)拽死公司聘请来了。

孟冰茜　噢嚱嚱,是 GS 吧？

杏　花　说是啥英语名字,反正一月工资(上海话)毛一万块哩。

孟冰茜　哈哈哈,太好了。家里都好吗？

杏　花　好着哩好着哩。我们把全部心思都用在务娃上了,文革、改革都上了大学,伢狗儿的改革还考了个交大博士,记得不,那时候清鼻涕吊多长,还尿炕哩,我的爷呀,哈哈哈……用他大的话说,咱家的品种,除我两个老桃桃,全都换完了。

孟冰茜　好,好,怎么在这儿又卖上鸡蛋了？

杏　花　我是专门从陕西给你带了点土鸡蛋,有营养得太着哩。(说着两条腿无所顾忌地盘上了凳子,突然又觉得不合适地)好像……不美……

孟冰茜　美着哩美着哩,怎么舒服怎么来。在这儿能见到西北老乡真是太亲切了。(双腿也学着往凳子上盘)

杏　花　在北方一待就是人老半辈子,突然回来急不急?

孟冰茜　急得很哪咋不急,晚上睡觉都靠安眠药哩。

杏　花　那干脆回去算了,我家改革说了,现在地球都快成一个村子了,(谝醋熘上海话)哪搭黄土不埋人么。(突然发现孟冰茜也盘上了双腿,笑岔了气)我的爷呀,老陕么,活活一个老陕么。哎呀,孟教授,你今天可是把我给震了。

〔两人笑得相互捶起背来。

〔尹美兰提着一捆书上。

尹美兰　哎呀,冰茜,差点儿没把我累死。

孟冰茜　你这是……

尹美兰　小说出来啦,这不挨家挨户给朋友送书嘛。

孟冰茜　你把书写出来了?

尹美兰　这还得感谢你那个开口裂炸雷的陕西同事呢,要不是他在你的生日宴会上大骂我一通,兴许到现在还是个计划呢。

孟冰茜　(抚摸着厚厚的书籍)恭喜你呀!

杏　花　啥书,这厚的?

尹美兰　哟,连皮带毛都托运过来了。

　　　　[杏花有些不自在地双腿溜下了地。

孟冰茜　你呀!这可是我家的恩人,"文革"时为给老苏送羊奶还挨过批斗。(对杏花)你坐,到这里就跟到家一样,咋随便咋来。

尹美兰　冰茜,总算叶落归根了。

孟冰茜　都是女儿女婿一手操办的,没想到,他们还能把这百年老房子给买回来。

尹美兰　没看出你那个"陕西楞娃"女婿还真有两下子。听说读完博士在美国硅谷还干过几年,现在研制开发的电脑软件已经声震浦东,公司都要发行股票了?

杏　花　(突然惊乍地)我的爷呀,我都忘了。

孟冰茜　咋了?

杏　花　我娃说要让我把闲钱拿出来买股票哩。

尹美兰　瞧瞧,连西部的神经末梢都在抖动了。股市风险可大得很,搞不好就是鸵鸟蛋进去,鹌鹑蛋出来,连土鸡蛋都没啦。

孟冰茜　哈哈哈,你呀!(对杏花)你坐你的。

杏　花　不坐了,坐不住了,明天我还想回西安哩。

孟冰茜　怎么这么急?

杏　花　贱命,闲不下么,一天不见那鸡呀狗呀猫呀的,晚上做梦,伢就跳到床上来跟我说话哩。

孟冰茜　(拿出一个按摩器盒子)来,把这个带上。

杏　花　这是……

孟冰茜　小枫他们给我买的按摩器。我知道你们老两口勤劳一辈子,都落下腰疼的毛病,按一按特别管用。

杏　花　(异常感动地)孟老师,您这么大教授,还老惦记着我们……您要是想西安了就回来住吧,我家房子比过去宽展多了,您和苏教授"文革"时躲在我家用过的那张书桌,到现在我老汉还用红布包着哩,他说这是大教授用过的东西,有灵性,是咱家的传家宝!

孟冰茜 (感动地)会的,我一定会回去看你们的!

杏　花 我走了。

孟冰茜 你走好!(把杏花送到楼梯口,突然抹起了眼泪)

尹美兰 你怎么啦?

孟冰茜 可能是老了,太容易伤感。

尹美兰 太悲观的人生论调。冰茜哪!

(唱)生活的太阳刚升起,

别提老字儿让人急。

六十尚在摇篮里,

七十才下小弟棋。

八十勉强算而立,

九十不惑开新局。

百岁知天命一切才丰裕,

我的小弟弟呀,

咱们最少还不活它个一百零一。

孟冰茜 你总是那么充满活力。

〔苏哲上。

苏　哲 奶奶。

尹美兰　这是……

孟冰茜　苏哲呀,小眠的儿子。

尹美兰　哟,都成大小伙子啦!你看跟他爷爷、爸爸长得多像。

孟冰茜　这不大学刚毕业,我就把他带回上海啦,想在这儿考研哪。

苏　哲　尹奶奶好。

尹美兰　好好,这也是东归的好办法呀,孙子回来了,这根不就挪回来了吗?他爸是不是彻底退在新疆了。

孟冰茜　没退,成中国工程院院士了,还是忙得两头不见天。

尹美兰　哎呀,我在报上看,那边的院士可是享受省部级待遇呀!

孟冰茜　什么省级部级的,我不懂那个,我就知道他天天得干活,头发现在一根都没啦。

苏　哲　奶奶,我想回去。

孟冰茜　你说什么?

苏　哲　我不习惯住这里,我想回新疆支教去。

〔孟冰茜和尹美兰都愣在了那里。

孟冰茜 （手有些颤抖地）支教……

苏　哲 就在我祖爷爷去世的那个村子。

尹美兰 （不解地）他祖爷爷……

孟冰茜 就是老苏他爸,地质学家,民国时就死在了新疆。

苏　哲 爸爸带我去看过一次,那个村子教育很落后,特需要老师。

孟冰茜 （有些恼怒地）全国需要老师的地方多得很。

苏　哲 可那儿埋着我的祖爷爷!我曾经对那儿的几十个孩子当面讲,大学毕业后我会去支教两年,我必须兑现这个承诺。

孟冰茜 我可以用其他方式帮你去资助他们。

苏　哲 那不一样的!奶奶,我永远都不能忘记那几十双像蓝天一样纯净的眼睛,我必须为我的承诺负责。爸爸那天也说,一个知识分子要有出息,就必须要有把生命完全彻底地匍匐在大地上的决心。

尹美兰 （自言自语地）又一个苏毅诞生啦。

孟冰茜 在上海把你的生命就吊在半空了?

苏　哲 奶奶,您不是说,您回来都有一种生命悬浮感吗?

您不是说,您都感到自己已经成大上海的局外人了,一切都那么陌生,像过客一样,什么也卷不进去吗?您不是说,您怀疑您在精神上已经彻底告别上海了吗?您不是说您有时急得都想跳黄浦江吗?我难道不急吗?我跟这里有什么关系呀?我两年支教后,可能去美国读研,也可能去英国,也可能来上海,但绝不是现在意义上的回上海,我要寻找的,是我生命中真正生死依恋的那个精神家园。奶奶!

(唱)原谅我不能留上海,

　　　形单影只愁满怀。

　　　适者生存方精彩,

　　　今天我更爱驰马天山袒襟怀。

　　　原谅我未把真情说明白,

　　　女朋友已在兰州久徘徊。

　　　同商议共支教情寄塞外,

　　　请奶奶任由天地云卷舒,

　　　放手孙儿雁去来。(上楼)

〔孟冰茜一屁股软瘫在沙发上。

尹美兰 这一家人都疯啦,什么时代了,脑子还一根筋,把媳妇竟然找到了兰州,你可千万要阻止住哇。

孟冰茜 (非常平静、也非常无奈地)根据我半个多世纪与这一家人打交道的经验,他们一旦决定的事,是谁也改变不了的。

尹美兰 我看你苦心经营的一连串东归计划,至此是彻底一江春水向东流啦。

〔苏小枫领着周长安上。

周长安 是谁诗兴大发呀?

孟冰茜 (喜出望外地)是长安哪!

尹美兰 噢嗬,周大教授也光临上海啦!

苏小枫 周叔叔是专门来看望我妈妈的。

周长安 瞎说,我是……顺便来看看。

尹美兰 你来得刚好,在你的促动下,我这本写交大西迁的书总算完成了,这也算是我对一代西迁人的敬意呀!当初我没坚持下去,面对冰茜和老苏他们,我这心里……总是怀着几分失落和歉疚哇!送你一本,提提意见。

周长安 一定拜读。

尹美兰　你们聊,回见!(神秘地对孟冰茜)你可要小心哪,这家伙我始终觉得对你是图谋不轨呀!

孟冰茜　你呀!

苏小枫　尹阿姨走好!(送尹美兰下)

孟冰茜　你是圪蹴在凳子上,还是坐在沙发上,这个家给你充分的自由。我给你沏茶去。

苏小枫　妈,我去。

周长安　哎,就让你妈沏。

苏小枫　噢,我妈沏得香。

周长安　你看你这娃。

苏小枫　周叔叔,我咋发现您没有过去爽快了,啥都躲躲闪闪的。明明是来看我妈么,偏要说顺便。三天两头给我打电话,问我妈的情况,还说懒得关心我妈,这不虚伪么?

周长安　嘿嘿,你妈这人,讨厌得很,跟她一说话就抬杠。这次她往回搬,我跟她美美吵了一架,我是发过誓,一辈子不理她的。

苏小枫　哈哈哈,我妈回来不到三天你电话就来了,还不让我告诉她,何必呢,周叔叔,你们咋越来越像小孩儿啦。

周长安 我就是有些讨厌她,学术上没啥说的,那咱佩服得很,但生活上,太小资情调,太孤芳自赏,太那个……哩格朗,还嫌我粗糙呢,她千烦,琐碎,洁癖……

孟冰茜 (拿着茶上)你说什么呢?

周长安 噢……

苏小枫 噢,周叔叔说你……大气。

孟冰茜 还用他夸。

周长安 哈哈哈,气色不错嘛。

孟冰茜 大夫都说我还是四五十岁的心脏呢。

周长安 还嫌西部环境不好,看把你心脏养成啥了。哎,这橘子树今年咋没结果?去年在西部还结得跟金字塔一样啊?

〔苏小枫急忙使眼色让别问。

周长安 (故意地)是不是都吃了?

孟冰茜 啊,吃了。

周长安 哈哈哈,怕是一果未结吧?这叫物竞天择,适者生存,它已经完全适应大西北的环境气候啦。

人还习惯吗?

孟冰茜 那还用说。

周长安 可我咋听说,你急得老想跳黄浦江?

孟冰茜 谁说的?谁在瞎说?(追问苏小枫)

苏小枫 我可没说。(急忙给周长安眨眼睛)

周长安 噢,是我瞎说,我瞎说。我每次看到这盆橘子树就想到苏教授,他们那一代人太了不起了,那是一种什么情怀呀,说走卷起被子就走,那时的西部又是一个什么样的西部哇!他们把一所交大变成了两所,而且现在都保持着顶尖水平,他们的功绩,是一个民族应该用功德碑来铭刻的。

孟冰茜 (感动地)周教授,感谢你对老苏他们的这份感情!

周长安 这感情里也包括对你的敬重呀。我今天来,就是向你道歉的。

孟冰茜 向我道歉?

周长安 十个月前,你要离开西部,我苦苦相劝,你义无反顾。那天我喝了点酒。

孟冰茜 不是喝了点酒,是喝了很多酒。

周长安　我说话有些不当。

孟冰茜　不是不当,是粗糙。

周长安　对,是粗糙。我不该说你个老太婆狭隘,一辈子眼睛就盯着个上海。

孟冰茜　你还说我自私。

周长安　我是说了,我是嫌你……有些不顾我的感受。

孟冰茜　你什么感受,像个醉鬼似的。你……你还说我小气。

周长安　你说你小气不,走时我要你一张照片,你都不给。

孟冰茜　就不给,感情粗糙,给你干吗?

苏小枫　呵呵,好啦好啦,别吵啦,你们到一起就抬杠。

孟冰茜　(用纯正的上海话)他还撑到上海来跟我抬。

周长安　孟老师,孟大教授,我这回真不是来抬杠的,我是真诚向你道歉的。在一个人为一个地方奉献牺牲了五十年,即将离开的时候,她最好的事业伙伴、朋友,竟然是以醉态、哭声,甚至吵架声与她告别的,真不应该呀!他应该用歌声、欢笑声为这位良师益友送行啊。

孟冰茜　要么我怎么老说你粗糙呢?

苏小枫　周叔叔,您看看我妈,把您的字挂在什么地方,这可是老苏家的中堂。您再看看您送给我妈的那把板胡,您说秦腔是秦人的DNA,您说这把板胡是五十年前在西安迎接西迁大军时用过的,我妈可是一直把它挂在主卧室呀!

周长安　谢谢!谢谢!(抚摸着板胡)我和你的学生们最近有一次聚会,那天大家都唱起了大西北乡音,有人甚至用秦腔把你们西迁的故事都编进去了。

孟冰茜　你们很浪漫嘛。

周长安　大家把你比作校园的大树,说你走啦,有一棵大树像失去了灵魂一样突然干枯啦……你有一个省长学生甚至说了这样一句话:孟老师即使将来去世在上海,我们也应该把她的骨灰拿一半回来……大家多么希望你回去呀,我们共同搞的那个课题,经费也全部到位了。

孟冰茜　你说什么?经费又下来了?

周长安　A6课题又高调上马啦。博士们希望你和我都能继续站在他们中间,那可是与国家"飞天"有关的项目哇!可我一看你这环境,这么舒适,这么

安逸,恐怕是回不去了。(自言自语地)应该,你们给西部奉献了一辈子,也该好好颐养天年啦……我走啦!(欲走)

孟冰茜 等等。

周长安 怎么啦?

孟冰茜 你能给我……拉段秦腔吗?

周长安 (愣在了那里)你……不嫌聒耳朵?

孟冰茜 这会儿……我特别想听听这高亢激越的声音,要那种特别带劲儿的,就像我们当初西迁去时听到的那种。

周长安 好!我给你拉!(叫板)嗨呀!(拉起了激扬的秦腔)

  (唱)吼一声秦腔热血奔涌,

    喊一声冰茜老泪充盈。

    五十年并肩交相辉映,

    一夕别事业少了支撑。

    多希望,你再融进那片风景,

    多希望,新课题我们共同攀登。

    若回去,我在机场打起腰鼓等,

若不回,你仍是我心中载誉归去的西迁功臣、

一代报国英雄。

［周长安唱完,泪流满面地毅然走出大门。

孟冰茜　长安!

［苏小枫推着一车红玫瑰上。

苏小枫　妈,您总说周叔叔粗糙、呆板,可他感情的细腻和浪漫是您无法想象的。恐怕连您自己都没计算过,您在西部已经生活了一万八千零八十一天,他今天特地给您送来了一万八千零八十一朵玫瑰,他赞美您气质优雅、品格高洁、事业壮丽,他说这是他人生最豪华的馈赠。

［舞台上玫瑰纷下。

［孟冰茜热泪涌流。

孟冰茜　长安!

（唱）心潮奔涌热泪淌,

　　　困顿时光又激扬。

　　　孤独一隅似染恙,

　　　灵丹竟是老秦腔。

一次次听见你满腹悲怆,
一声声似裂帛倍感沧桑。
曾记得初到长安神情迷惘,
凭西风临严霜泪总两行。
孟冰茜出身豪门父母娇养,
只读书哪里识得艰苦忧伤。
爱老苏风花雪月诗歌一样,
哪曾想到西北刀风剑霜岁月恓惶。
五十年痛失了我的爱人生命依傍,
五十年离散了我的儿孙飘落四方。
五十年历尽了坎坷磨难心灵惆怅,
五十年收获了生命坚毅事业辉煌。
五十年读懂了西北的豪放,
五十年沐浴了秦人的善良。
五十年实现了树人的梦想,
五十年浇灌成千百万栋梁。
五十年融生命与大漠共唱,
五十年化汗水与黄河共长。
五十年蹚过来天宽地广,

五十年后又何必告老还乡?

在长安日夜思念我大上海,

回上海日夜想念我长安长。

爱我大上海,

爱我黄浦江。

爱我外滩不夜港,

更爱我浦东飞翔。

爱我大西北,

爱我黄河黄。

爱我雁塔古城墙,

更爱我三尺讲堂。

秦声比西风烈,

秦人比华岳罡。

秦歌如黄河排浪,

秦情比秦岭绵长。

[伴唱:

爱播在那个地方,

情洒在那个地方。

根留在那个地方,

　　　　　魂落在那个地方。

孟冰茜　（唱）生命是大树盼苍莽，

　　　　　人生是挑夫盼担当。

　　　　　只要事业灯塔亮，

　　　　　我抖擞精神再起航。

　　〔苏毅西迁时的幻影突然进入，紧紧拉住孟冰茜的手。

苏　毅　（唱）天地做广厦，

　　　　　日月做灯塔。

　　　　　哪里有事业，哪里有爱，

　　　　　哪里就是家。（幻出）

孟冰茜　（唱）回到我的战场，

　　　　　回到我的殿堂。

　　　　　回到西部讲坛上，

　　　　　回到我历尽坎坷、荣辱相傍、血肉依恋、桃李芬芳的第二故乡！

　　〔"天地做广厦……"咏唱声再起。

孟冰茜　小枫，给我收拾行李，我要回去！我要回去！

　　〔苏哲从楼上跑下。

苏　哲　奶奶,你说什么?回去?

孟冰茜　对,回!哪里有事业,哪里有爱,哪里就是家……

（回声）

［苏小枫深受震动。苏哲紧紧偎依着孟冰茜。

［暗转,紧接尾声。

［延绵起伏的黄土坡上,呈现出一组组剧中人雕塑式群像。

［一代西迁教授和学子,构成一道道生生不息的生命风景。

［大树婆娑,与雕塑互为风景。

［周长安与当代学子打起了欢迎的腰鼓。

［《西迁之歌》久久萦回。

［剧终。

2002年1月一稿于上海交通大学博学楼

2002年4月二稿于西安交通大学外宾楼

2003年3月三稿于西安交通大学外宾楼

2009年2月四稿于西安市虚一村中

陈彦 精品剧作

西京故事

人　物

罗天福　50多岁,曾当过山村小学民办教师及村主任

淑　惠　50岁左右,看上去比实际年龄大,罗天福的妻子

罗甲秀　20多岁,罗天福的女儿,大学生

罗甲成　19至23岁,罗天福的儿子,大学生

西门锁　40多岁,西京城状元巷的房东

阳　乔　40岁左右,西门锁的妻子

金　锁　16至20岁,西门锁的儿子

童薇薇　20多岁,罗甲成的同学,大学生

贺春梅　50多岁,街道办副主任

东方雨　80多岁,一个始终守护着一棵千年老槐树的老人

　　　　　旺春嫂、富贵叔、农民工房客、大学生若干

第一场

〔西京,一个既古老而又现代的大都市。

〔故事发生在一个叫状元巷的大杂院内。整个院子是由一个废弃的厂房改建而成,高高低低、上上下下住了数十位农民工和各色人等,空间十分拥挤,生活忙乱躁动。

〔一棵老唐槐,饱经沧桑地挺立在院中,庞大的树冠都用各种支架撑持着,葳蕤苍劲,如诗如画。

〔唐槐背后的古建筑群和摩天大楼依稀可见。

〔慷慨激昂的秦腔黑头演唱声传来:

我大,我爷,我老爷,我老老爷就是这一唱,

慷慨激昂,还有点苍凉。

不管日子过得顺当还是恓惶,

这一股气力从来就没塌过腔。

〔黄昏时分,房客们正陆续归来,也有女孩儿在

收拾打扮准备出去的。

〔东方雨老人在一个小三角梯上给唐槐挂吊瓶,爬上爬下,忙个不停。整个故事演进中,老人可自由来去。

〔突然,胡乱散拉在天空中的蛛网似的电线吐起了火舌。

房客甲 着火了,电线着火了!房东,房东,快拉闸!快拉闸!

〔众人急忙从房内拿着桶、盆等救火器具跑出。

〔一片混乱中,房东西门锁手里还抓着一个麻将二饼,趿拉着一只鞋跑出。只见西门锁一脚踹开一个房门,冲进去拉了电闸。

〔火舌很快消失,众人议论纷纷。

房客甲 (对西门锁)该换电线了。

房客乙 老化了。

房客丙 着几回火了。

房客丁 迟早会把咱火化了。

西门锁 知道知道。哎,大家都在这儿,月底了,该交房租了。

房客甲 租金又涨了。

房客戊 一个破厂子改造的房么。

房客己 墙缝裂得能盘进蛇来。

房客庚 房顶漏得能掉下鳖来。

房客辛 房租贵得能……(悄声地嘟哝)逼死爹来。

西门锁 住了住,不住了走人,尻子后头寻房的还跟一串串哩。你没听电视里讲,西京城光流动人口几百万哩,我还愁瓜女子找不下傻娃?

　　　　〔众房客无奈地下。

　　　　〔阳乔上。

阳　乔 (向内挥手)端过来。

　　　　〔四位姑娘端着饭菜上。

西门锁 咋又不做饭了?

阳　乔 你咋不做呢?

西门锁 (无奈地)好好好,端过去端过去。哎,拿点钱出来,这电线真的得换了,刚又着火了。

阳　乔 再撑一段时间,有单位拆迁,旧电线我都说好了,全给咱,一分不要。哎,听说咱这一块地皮又翻倍地涨了,你个死鬼爹,还真给咱把福分留下了。

西门锁　你爹才是死鬼呢。

阳　乔　我爹还活着咋成死鬼了。人家都骂你爹是死鬼,当了几年村干部,把城中村的村办企业三倒腾两倒腾,全都倒腾到自家名下了,这下两腿一蹬,就好过了你这个碎色鬼。(领着几个端盘子姑娘进房)

西门锁　悄着悄着,真是个烂嘴婆娘。(看看手中的麻将)白摸了个炸弹。(进房)

〔罗甲秀领着父亲、母亲和弟弟罗甲成上,边走边介绍环境。罗天福与罗甲成抬着一个土炉子,还有面板等杂物。

罗甲秀　(唱)南城堡子状元巷,

　　　　　　小院紧挨古城墙。

　　　　　　城中村落连菜场,

　　　　　　背靠文庙闻书香。

罗天福　好地方,这个地方选得好。

淑　惠　就是房租贵了点。

罗甲秀　娘,城里就没有太便宜的房子。

罗天福　状元巷、古城墙、文庙,好着哩,我娃选的地方好着哩。就凭这一棵大树,爹就爱上这地方了。恐怕比咱家那两棵老紫薇树年龄还大呀!

罗甲秀 爹,咱家那两棵老紫薇树才六七百年,人家这棵唐槐一千三百多年了。

〔一家人围上去合抱唐槐,粗壮得未抱住,罗甲成高兴地摇起树来。

东方雨 (突然暴跳如雷地上)嗨!嗨!(用拐棍吆喝人走开)

〔房客们陆续出现。

房客甲 动树了?

房客乙 皇上的头都敢动,可不敢动这树。

房客丙 老汉的命根子。

罗天福 树是老人家的?

房客丁 不是,市树。

房客戊 宝贝,懂不?

房客己 老汉申请到了树的监护权。

房客庚 成年在这经管呢。

房客辛 把工资都花到树上了。

罗天福 (不解地)把钱都花到树上了?

房客甲 怪吧?

房客乙 你们才来,不懂。

房客丙 老汉是西京城可大可大的知识分子。

房客丁 当初是西京城的头号右派。

房客戊 爱说真话惹的祸。

房客己 现在话没了,但写。

房客庚 连咱一顿饭用几根葱、几瓣蒜都记录呢。

房客辛 对下苦人好着呢。

房客甲 不动树,他就不会用拐棍抽你尻蛋子。(指罗甲成)

罗天福 对不起,对不起!(急忙给东方雨老人鞠躬)

 [西门锁上。

罗甲秀 西门叔,这是我爹,我娘,还有我弟。爹,我就是给西门叔的孩子做家教,才知道这儿的。

西门锁 (看着一家人的行李笑了)都拿的啥万货么,长枪短炮的。

罗天福 呵呵,打饼用的。

西门锁 噢。你老两口厉害呀,那高山垴垴上的人么,咋把两个娃教得这出息的,全都上了名牌大学,得好好把经给咱家传传。

罗天福 东家客气了。

西门锁 不客气,我那狗日的金锁确实不成器,生在城里咋,让人没脾气,唉!房我收拾好了,就这儿,(介绍环境)一楼虽潮点暗点,可方便么。哎,可千万不敢乱动电表噢,上一回一个民工胡拾翻呢,差点没打日塌。电线有些漏电,可不敢乱接乱安。哎哎哎,小心小心,门有点问题,不敢使劲靠,不敢靠……(正说着,门嘭嗵倒了)看看看,叫你甭靠甭靠……

[一家人进房,舞台格局发生变化。大槐树仍在。西门锁消失在房后。

罗甲秀 爹,娘,让你们受委屈了。

(唱)家乡虽穷房宽展,

　　一应俱用都周全。

罗甲成 (唱)这间破屋像牛圈,

　　阴暗潮湿不见天。

罗天福 (唱)别嫌房矮少光线,

　　出门在外百事难。

> 你姐弟都把名牌大学念,
>
> 是家乡最红最红的红杜鹃。
>
> 你们就是咱家爆亮的灯捻,
>
> 你们就是咱家正午的蓝天。
>
> (白)来,支起锅灶,过起日子。天天向往西京城,这不,咱也来了么!

淑　惠　　看把你爹高兴的。

罗天福　　真是有些高兴哪!十三年前,爹到县上开了一回民办教师表彰会,作为奖赏,县上领导又把我们十几个先进领到西京城美美逛了一回,算是见了大世面哪!从那时起我就暗暗发誓,一定要让你们走进这个城市,在这里好好活一回人。这个梦今天总算初步实现了,咱们也算是半个西京人了!来,让我们先学两条城里的规矩:不闯红灯,不随地吐痰,念。

〔一家人高高兴兴地复述:"不闯红灯,不随地吐痰。"随后欢欢喜喜收拾起来。罗甲秀、罗甲成欲抬大土炉子。

罗天福　　哎哎,还是爹来,爹来。(一人扛起炉子在房中

哼着小调转圈圈)

罗甲秀 (心疼地)爹!

淑　惠 你爹这一辈子就活了你姐弟俩呀,你前年考上重点大学,他一回酒喝得醉了三天,今年你弟又考上重点大学,他叫一村人拿酒灌得把牙都摔得寻不见了。

罗天福 叫你娘把我一说,都成酒疯子了,你爹好歹还当过十几年民办教师哩么,堂堂罗老师,把酒能喝成那样,牙都跌得寻不见了?

罗天成 就是的,假牙是我在人家厕所找见的。

　　[一家人笑。

淑　惠 你们这一对有出息的娃呀,可是让你爹把脸长了。不过这回也加了大熬煎哪,两个大学生,一年两三万块钱的费用都咋办呀。

罗甲成 爹,要叫我说,把咱家那两棵老紫薇树一卖,啥问题都解决了。

罗天福 你倒说了个谄,人家长六七百年了,你爷为护树,大炼钢铁那年,把命都搭上了,咱能卖了?咱有手艺么,啥钱挣不来?咱打千层饼那几下,能让城里的五星级大饭店看上,就说明咱能行么。

淑　惠　可吹上了。

罗天福　嗨,不是吹哩,美国总统是没发现,要是发现了,咱就到白宫打饼去了。

　　　　［一家人乐翻了天。

罗天福　有一句广告语叫个啥来着?

罗甲成　(变普通话)你准备好了吗?

罗天福　(郑重其事地问罗甲秀)你准备好了吗?

罗甲秀　(笑着点点头)

罗天福　(问淑惠)你准备好了吗?

淑　惠　(看着老伴兴奋的样子只笑不说话)

罗天福　(问罗甲成)你准备好了吗?

罗甲成　报告老爹,我准备好了。西京城,我罗甲成来了!我就要在这里腾飞啦!

　　　　［一家人鼓掌。

　　　　［穿着一身名牌,头式修剪得十分时尚的金锁,拿着摄像机拍摄上。

金　锁　注意,拍爱情片了。(直接把镜头对到了罗甲秀脸上,久久不动)

罗甲秀　好了,金锁,别闹了。爹,这就是房东家的孩子金锁。

罗天福　哦,好好,娃十几了?

金　锁　离八十岁还差六十四年,你算去。

罗天福　呵呵,那就是十六么。

金　锁　是倒是的,不过人家都说我早熟,雄性激素旺盛得很。(说着亮了亮肌肉块)

〔一家人有点傻眼。

罗甲秀　噢,金锁,今天我爹他们刚来,我得帮忙收拾收拾,明天再给你上课吧。

金　锁　那可不行,我本来都不上高中了,准备跟人到南非去贩珠宝呀,我爸找来个你,害得我天天头疼。这不,头刚不疼了,喜欢跟你在一起了,你又不上了,把我整失恋了你要负责任呢。

〔一家人更傻眼了。

罗甲秀　你这孩子,又瞎讲。

金　锁　不是瞎讲!

(唱)是《非诚勿扰》《坠入情网》,

　　　是《泰坦尼克号》上《爱你没商量》。

你家《人在囧途》,我家《阿凡达》,

姐姐《要嫁就嫁灰太狼》……

罗甲成 什么乱七八糟的,再唱小心舌头!

罗天福 (阻止地)甲成。

金　锁 哟,这是谁呀?哪儿钻出这么个土老帽?哟,还穿了个假名牌,这在我西京康复路就三十块钱么。

罗甲秀 金锁,他是我弟。

金　锁 呵呵,那就是未来的小舅子么。来,(从身上掏钱)我给钱,把你先好好包装包装。

〔金锁掏出一叠钱递给罗甲成。罗甲成一掌将钱打飞,又愤然把金锁的手扭到背后,金锁"哎哟——"一声痛得软在了地上。

罗天福 (急忙制止地)甲成你干啥呢!

〔罗甲成仍不松手。

金　锁 (大喊大叫起来)我胳膊断了——!碎尻农民工进城杀人啦——!

〔舞台格局急剧变动,大杂院复现。

〔金锁赖在地上咋都拉不起来。

〔院子立即围满了人。

金　　锁　（哭腔）我胳膊让他扭断了哇！他要杀人哪！

阳　　乔　谁？谁杀我娃呢？

罗天福　（急忙上前）对不起,对不起……

阳　　乔　（捂了捂鼻子）你谁呀,跑到这院子干啥呢？

罗甲秀　阿姨,这是我爹,对不起,是我弟……

阳　　乔　哦,是你家人闯的祸,你还说你一家人都是老实本分的山里人,就是这个老实法,刚住进来第一天就杀人哪！

〔贺春梅急上。

贺春梅　哪儿杀人了,谁杀人了？

阳　　乔　西京城南城堡子状元巷北段一百八十六号西门锁家爱子金锁,被刚进城的农民工崽子心狠手辣地放倒在地,叫声凄惨,生命垂危,人证物证俱在,请注意保护现场。

贺春梅　唉,你这娃咋老挨瞎打哩嘛！

阳　　乔　咋的个话,你还是街道办的领导哩,人都快让杀了,你还是这句没原则的话,啥烂领导嘛。

贺春梅　哎,说话要讲文明礼貌噢。谁把金锁压倒在地的？说。

罗天福　我给娃赔礼,我给娃道歉!（给金锁鞠躬）

罗甲成　（有些愤怒地）爹!

罗天福　我们初来乍到,还望多多包涵。（又给阳乔和西门锁鞠躬）

　　　　［罗甲秀蹲下搀扶金锁。

金　锁　（看了看罗甲秀,活动活动胳膊）姐,没断。我是跟小舅子耍哩。

阳　乔　你……你胡说啥呢!

金　锁　就是的,跟我小舅子耍哩。（一骨碌爬起来,戏弄了罗甲成一下后跑下）

　　　　［罗甲成气得浑身颤抖,再次握紧拳头。母亲急忙把他挡在了身后。

贺春梅　（对阳乔）你看看你们这一家人,都是啥人嘛!

阳　乔　哎,你咋老护着这些烂农民工哩?

贺春梅　阳乔,你把嘴放干净些,我给你说,保护农民工可是国策,我是政府领导,维护他们的合法权益是我的职责。

阳　乔　哟哟,不就是个烂街道办的么,还是个啥子政府领导。

西门锁 （阻止阳乔地）对了对了,胡诌啥呢。贺主任,对不起!

贺春梅 没啥没啥,恶水喝惯了。（对罗天福）有事来街道办找我,就说找贺主任就行。

阳　乔 哟哟,明明是个副的么,排名第三,还贺主任哩,"一把手"咱熟。

贺春梅 副的咋,第三咋,看你把个副字咬得那重能咋?

西门锁 好了好了,对不起贺主任!（低声地）就那厌人,没治。（推阳乔下）

阳　乔 （边下边喊）哎,你们都拥到俺城里发财,做梦,想吃好的穿好的,也总得把那些臭毛病改一改吧?尤其是那些新来的听着:谁要再在俺院墙根乱尿,我可安的有电线,把你那烂玩意儿打坏了,我可概不负责。

［众无奈地直摇头。

［舞台格局变化,院落和大树转到了后面。

［罗家人闷在了房中。

［院外大槐树下的高坎上,东方雨老人在静静地

拉着板胡。

[罗甲成突然拿起行李向门外冲去。

罗天福 甲成,你要干啥?

罗甲成 这就不是人待的地方,还待在这干啥?

罗天福 房租你姐都给人家交了半年的,你往哪儿走?

罗甲成 问他要。

罗甲秀 合同上说,自签订之日起,咱要离开,人家不退款。

罗甲成 你咋能给这样的混账人家做家教嘛!

罗甲秀 其实这个娃也并不坏。

罗甲成 这还不坏,还要咋坏?在这样一个碎屄眼里,我们都活得跟要饭的一样,还咋在这儿往下待呀!

罗天福 娃呀!

(唱)你姐她来回比较细掂量,

才租下这便宜便利的一间房。

天底下能避寒遮风把雨挡,

那就是安居乐业的好地方。

一个巴掌拍不响,

以后遇事别逞强。

求学大业没影响,

一切都要看寻常。

梦既然有,苦就该尝,

日子迟早会过亮堂。

咬咬牙啥事都通畅,

那太阳一定会照上咱脸庞。

[一家人被唤起希望,聚集在一起。

[大槐树下,东方雨老人拉着板胡,围着一群自娱自乐的秦腔戏迷,秦腔黑头摇滚般的演唱声骤至:

我大,我爷,我老爷,我老老爷就是这一唱,

慷慨激昂,还有点苍凉。

不管日子过得顺当还是恓惶,

这一股气力从来就没塌过腔。

[东方雨老人的板胡声豪迈苍健。

第二场

[美丽的大学校园湖畔。一排紫薇树正花红欲燃。
[三三两两的同学,或在读书,或在恋爱。
[罗甲成用棉花塞着耳朵,在猛背英语单词,那种聚精会神的投入和旁若无人的"多动症",让坐在不远处的童薇薇阵阵发笑。
[童薇薇向罗甲成走来。

童薇薇 罗甲成,你怎么一边背单词,还一边又是踢腿又是打拳的?

罗甲成 (不好意思地笑了笑)嘿嘿,习惯。

童薇薇 好像是踢打什么东西?

罗甲成 嘿嘿,在家乡时,我最爱对着门前两棵老紫薇树背单词,高兴了打几拳,不高兴了也会踢几脚。

童薇薇 就是这种紫薇树吗?

罗甲成 这和我家那两棵比起来,简直就是重重重重孙子了。我家那两棵树有六七百年了,活像两个歪瓜裂枣的老顽童。

童薇薇 是吗?

罗甲成 城里可是移栽了不少这种老紫薇树,听说一棵就值三四十万呢。

童薇薇 是吗?

罗甲成 都是从山里买来的,这种树耐寒耐旱,全身都是药。俗名"百日红",也叫"痒痒树",你无论在它身上哪里一挠,浑身都动弹。

童薇薇 真有趣,我看你都快成植物学家了。我爸爸可欣赏你了,说你是全班最用功的学生。

罗甲成 童教授过奖了。

童薇薇 你挺不容易的,听说你姐姐也在这个学校读书,你们姐弟俩能先后考上这么有名的大学,在你们那儿,影响挺大吧!

罗甲成 嗯,挺大的,我走时,乡长都来送了,县电视台还采访过。

童薇薇 哟,山里的大名人嘛!听说你姐姐读书也很用功,还特别能吃苦,什么脏活累活都能干,连垃圾都捡,在学校可有名了。

［罗甲成的面子迅即被剥得一干二净。

罗甲成 （极其难为情地）她……做环保,家里……挺富的,她……做公益……

童薇薇 （见罗甲成难为情,急忙转变话题地）爱做公益好哇。有什么困难需要帮助,你就说话,咱们同学嘛。

罗甲成 没……没什么困难,挺好的,我家里……挺……挺富有的。

童薇薇 那就好。（欲走）哎,我爸让我通知你,礼拜天他要叫几个同学到家里吃饭,你可是他第一个邀请的哟。

［罗甲成有些茫然地看着童薇薇,不知如何应答。

童薇薇 拜拜!（跑下）

［罗甲成耳旁雷声轰鸣般地响起童薇薇的声音:"听说你姐姐读书也很用功,还特别能吃苦,什么脏活累活都能干,连垃圾都捡,在学校可有名了,可有名了,可有名了……"

［罗甲成痛苦地跑下。

［罗甲秀挎着一个很大的口袋上,口袋上写着

"环保"二字。

［罗甲秀边背英语单词，边捡拾着草坪上的垃圾。

罗甲秀 （唱）走出大山已两年，

勤工俭学路渐宽。

纵然生活有千难，

积极应对天湛蓝。

［罗甲秀向一个垃圾桶走去。当她正从垃圾桶中刨捡垃圾时，罗甲成找上，见状，愤怒地将罗甲秀推搡在地。

罗甲成 姐，我们就真的贫困到这一步了吗？我一来学校就听说，你曾经吃过别人剩下的饭菜……馒头，还说你以环保的名义……捡拾垃圾卖钱，我一直半信半疑，也没有勇气去面对这一切，可……可这一切竟然是真的……你丢尽了爹娘的脸，丢尽了山里人的脸！（愤然将垃圾口袋撕烂，垃圾滚得满地都是）你让我还怎么在这儿走进走出，你让我还有什么脸面在这里读书哇！（哭着欲走）

［罗甲秀一把抱住了弟弟的腿。

罗甲秀 弟弟，姐姐……对不起你，姐姐对不起你呀！

　　　　（唱）叫弟弟莫要把姐怨，

　　　　　　我也是想帮爹娘减轻点负担。

　　　　　　两个人几十年围着儿女转，

　　　　　　半百人还出门打饼挣工钱。

　　　　　　早五点晚十点终日伴炉炭，

　　　　　　姐不忍把爹娘身上油榨干。

　　　　　　这件事若是让你受轻看，

　　　　　　从此我不把垃圾来捡翻。

　　　　　　求弟弟对爹娘定要隐瞒——

　　［罗天福高兴地上。

罗天福　（唱）我老罗的一儿一女就风光在这校园。

　　［罗甲秀急忙捡拾散落的破烂。

罗天福　我听你宿舍的同学说你在这里，没想到你姐弟俩都在这里。今天领工钱了，甲秀，赶快给你弟把欠下的学费一交。（掏出一沓钱拍得啪啪响地）你娘今天冷表扬我哩，说我决定全家挥师西京，算是英明决定哩！哎，你姐弟俩是咋了，闹矛盾了？

罗甲秀　（急忙掩饰地）没……没有，爹。

罗天福　这咋满地的瓶瓶罐罐,是你们弄来的?

罗甲秀　哦,捡的。

罗天福　捡的?

罗甲秀　哦,不,是别人撂在这儿,我们做环保……拾……捡呢。

　　　　〔罗天福也弯下腰帮忙捡拾。

罗天福　这可都是些能变钱的东西呀!

罗甲成　(突然愤怒地)你们都别捡了好不?都别捡了好不?(使劲用拳头捶砸着地面)

罗天福　(茫然地看着罗甲成)咋了?

罗甲秀　(继续掩饰地)噢,没咋,弟弟可能是学习……有点压力。

罗天福　娃,学习上的压力,要学会排解呀!

罗甲成　爹,姐姐她……

罗甲秀　甲成!(极力阻止)

罗甲成　爹,你还是把家里那两棵老紫薇树卖了吧,人家答应一棵给三十万,两棵一卖,咱们就能活得像个人了。

罗天福　你怎么老惦记着我那两棵树哇!

罗甲成 人家把能变钱的东西都挖出来卖了,你还守着它有什么用?能吃?能喝?能顶学费?

罗天福 这些……爹娘还能靠双手挣哪!你看,我和你娘才来三个多月,不就挣了三千五嘛!

罗甲成 咱家明明能一夜致富,你们为啥要起早贪黑?

罗甲秀 甲成!

罗天福 不起早贪黑,就是把树卖个好价,几年也会坐吃山空啊!

罗甲成 可毕竟能改变当下的一切。

罗天福 你真是身在福中不知福哇,上这好的学校,吃恁白的蒸馍,还想咋?

罗甲成 爹,你可能做梦都没想到吧,你女儿她……

罗甲秀 甲成!

罗甲成 她……

罗甲秀 甲成……

罗甲成 她一直在捡破烂!

罗天福 你说什么?

罗甲成 姐她不让你们给学费和生活费,一部分是做家教挣的,每月吃饭钱……都是靠在校园捡破烂……

捡下的呀！（捂住脸跑下）

〔罗天福一屁股瘫坐在地上。

罗甲秀 爹，我给你……丢脸了！

罗天福 （嘴里喃喃着）闺……闺……闺女呀！

（唱）你为何要这样亏欠自己，

哄着爹瞒着娘独自饮泣。

家虽穷也不在一粟一米，

苦了根伤了秆误不得花期。

罗甲秀 爹！

罗天福 （唱）你为何要拒绝爹娘的补给？

你为何要回绝乡上的惠及？

你为何要退回亲戚的周济？

吃了苦受了罪还只字不提。

罗甲秀 （唱）儿知道爹娘累不堪压挤，

儿懂得亲戚穷都有难题，

儿不愿伸手要想靠自己，

儿有手就能够自强自立。

罗天福 （唱）女儿的手需要养最怕粗粝。

罗甲秀 （唱）爹娘的手糙如铁更需休息。

罗天福 （唱）儿还小上学进取家里应兜底。

罗甲秀 （唱）爹娘老生活艰辛儿女该痛惜。

罗天福 （唱）你说那老紫薇该不该放弃？

罗甲秀 （唱）我相信你们祖祖辈辈护树的道理。

罗天福 （极其感动地唱）

  爹看到了希望，

  爹感到了荣光。

  都说笑贫不笑娼，

  我闺女捡拾垃圾，

  自立自强，

  谁堪笑话？

  谁配中伤？

  我也曾是教书匠，

  盼的是学生能担当。

  闺女懂事又向上，

  我苦死累活都无妨。（慢慢捡拾起垃圾口袋）

  只是这口袋应该挎在爹肩膀，

  你专心学习莫彷徨。（将破烂的垃圾袋挎

在自己肩上)

我真想给你们一个体面的家庭体面的爹娘,

让你们体体面面、快快乐乐、风风光光活得生命都张扬。(落泪)

罗甲秀 爹!(紧紧抱住父亲,父女相互拭泪)

罗天福 (唱)别难过,莫悲伤,

有春绿就会有秋黄。

苦日子咱要当歌唱,

看天边晚霞正烧出火凤凰。

﹝秦腔黑头声昂扬切入:

我大,我爷,我老爷,我老老爷就是这一唱,

慷慨激昂,还有点苍凉。

不管日子过得顺当还是恓惶,

这一股气力从来就没塌过腔。

﹝远处晚霞似火,湖光尽染。

第三场

［清晨。

［西门锁家院落。

［东方雨老人仍在唐槐下拉着板胡。

［罗天福的租房内传来打饼声,声音很响。

［东方雨老人放下板胡,认真倾听打饼的声音,并掐表做着计算和记录。

［阳乔上。

阳　乔　哎,老罗,罗家老汉。

　　　　［罗天福急忙从房内出,糊了一脸面粉。

罗天福　哎哎,来了!

阳　乔　我早上晾晒在这儿的拖鞋咋不见了?

罗天福　不知道哇。

　　　　［罗甲成上。

阳　乔　那可不是垃圾,你可不敢当垃圾拾回去了,那可是意大利真皮的,两千多块呢。

罗天福　你看东家说的,我咋会做这事呢!

阳　乔　你一家人不是都爱到处捡么,哎,你家到底是打饼的还是捡垃圾的,要捡垃圾可不能在我这院子住。

罗甲成　你说啥?

阳　乔　要捡垃圾就不能在我这住,不安全。

罗甲成　你……

罗天福　(急忙阻挡地)你姨人家说得对着哩,我们不专门捡,有时就是顺手……

阳　乔　顺手……牵羊?

罗天福　可……可这鞋我们确实没捡呀!

阳　乔　没捡,它还能长翅膀飞了?

罗甲成　你凭什么丢了东西就怀疑我们?

阳　乔　(极轻蔑地)凭感觉。

罗甲成　(愤怒地)你……

阳　乔　咋,莫非你还想打人哪咋的?

罗天福　(阻止)甲成,心里没鬼,不怕敲门。不过东家,我也想多说一句,你不要老用这种眼光看待我们,我们可能穷一点,但做人还是有下数的。

　　　　　[罗甲成还想论理,被罗天福硬拉了回去。

阳　乔　哼,谁拾了我的拖鞋,穿上遭驴踢。(院子一角突然传来小狗叫声,阳乔发现什么似的猫下腰)妞儿,虎妞儿,我的乖妞妞。(小狗叫声继续)

　　　　　[阳乔抱出小狗,小狗叼着一只皮拖鞋。阳乔偷偷拉出另一只,欲溜下,好像觉得脑后有眼睛,急转身一看,大树背后只有东方雨,老人似乎并没有发现这一切。阳乔掖了掖拖鞋急下。

　　　　　[东方雨老人用犀利的目光久久盯着阳乔消失的背影。

　　　　　[贺春梅上。

贺春梅　东方老伯!(从包里掏出一份文件)您给市上写的《关于西京城千年大树保护方案》的建议稿,领导批了,让我给您反馈一下。还有您反映的农民工应享受城市市民的几项待遇问题,我已转上去了。

　　　　　[东方雨连连点头。

　　　　　[旺春嫂领着几个妇女,拿着各种包包蛋蛋的行李上,到处东盯西瞧。

贺春梅　你们是……

旺春嫂　我们是来找罗主任的。

贺春梅　(不解地)罗主任?

村妇甲　罗老师。

贺春梅　(不解地)罗老师?

旺春嫂　过去是我们娃的老师,又当过我们的村主任,现在进城打饼,发了,我们来寻他的。

贺春梅　发了?发什么了?

旺春嫂　发大财了,扑哧扑哧的(形容胖)。

〔罗天福从房内出。

罗天福　啊,旺春嫂,你们怎么来了?贺主任,乡亲,都是乡亲。

旺春嫂　罗主任,听说你到西京城打饼发大财了,这手艺我们都会么,把我们也领上吧!我们保证:

众村妇　不闯红灯,不随地吐痰。

村妇甲　(唱)我能把饼擀得薄如缎,

村妇乙　(唱)我能把面揉得筋似砖。

村妇丙　(唱)我能把大料调得香三里,

村妇丁　(唱)我能把叫卖声喊得穿过一座山。

罗天福　（哭笑不得地）都听谁说我发大财了？

村妇甲　都说呢。

村妇乙　城里是个大富矿，

村妇丙　谁来都能挖一筐。

村妇丁　咱的手脚都不笨，

旺春嫂　请把我们也带上！

罗天福　（无奈地）好好好，先到屋里坐，屋里坐。（让旺春嫂等进房）

贺春梅　呵呵，乡亲们挺信任你的嘛。

罗天福　不知都听谁说的，我也是泥菩萨过河哟。（猫腰观察阳乔丢鞋的地方）

贺春梅　你找什么？

罗天福　噢，不找什么。

贺春梅　你家的饼打得还有点影响了。

罗天福　嘿嘿，又有几个小馆子要哩，晚上在家加点班。

　　　　（仍在找）

〔贺春梅从一个裤兜里掏出一把水果糖来。

贺春梅　哎，这是刚才社区里王黑蛋子结婚哩，硬塞给我一兜兜糖。

罗天福　哎,不要不要,老给哩。

贺春梅　客气啥嘛,快拿上。(硬塞在了罗天福手上)不过晚上打饼的声音得小一点,隔壁邻舍有意见哩。

罗天福　一定改正,一定改正。

贺春梅　房东家是不是老赌博哩?

罗天福　嘿嘿,没有吧,我不知道。

贺春梅　没看出老罗还是个老滑头哇。

罗天福　嘿嘿,贺主任请等一下。(进房取出一塑料兜千层饼来)给,拿上。

贺春梅　哎,不要不要,你这是商品,咋能随便拿呢?

罗天福　这是咱自家打下的。

贺春梅　自家打的也是商品嘛。

罗天福　见外了吧,这要在乡下,就是贺主任瞧不起我老罗哇。

贺春梅　噢,好好,我拿一个。

罗天福　都拿上。

贺春梅　不行,绝对不行。(老罗强着要给)好好,最多再拿一个,小本生意不容易。快忙你的去吧!

[贺春梅拿了两个千层饼,先是准备装在一起,想了想,又分别装在了两个口袋里。

[阳乔突然拿着独凳从房里把西门锁撵了出来。

阳　乔　你个老不正经的骚公鸡呀……(一凳子砸过去,西门锁像耍杂技一样刚好接住)我不想活了,我痛苦得很,生命不能承受之重啊!

贺春梅　咋了?

阳　乔　哦,贺主任在这儿。

贺春梅　是贺副主任。

阳　乔　哎呀,你不要把那个副字咬得那重啊,反正你是政府,得给我做主哇!

贺春梅　咋了嘛?(见西门锁欲溜)你先甭走。

阳　乔　你叫他自己交代。

贺春梅　咋回事嘛,三天两头不和谐。

西门锁　没……没啥,她耍麻迷呢。

阳　乔　还说我耍麻迷,他打麻将,我刚出去一会儿,就偷偷踩一个女人的脚,上边眉来眼去"放牌",下面勾勾搭搭"磨电"哪!

贺春梅　哦,你们不是一直不承认赌博吗?

阳　乔　赌了,大赌徒哇,赢了还不上交。

西门锁　唉,谁摊下这婆娘,算是倒八辈子血霉了。

贺春梅　你们家的问题看来很严重啊!

阳　乔　严重得很严重得很,他过去就有前科。

贺春梅　啥前科?

阳　乔　踩脚前科。

贺春梅　踩谁的脚了?

阳　乔　你问前科犯自己。

贺春梅　(问西门锁)踩谁的脚了?

西门锁　你没问她,是她先踩我么还是我先踩她?

阳　乔　猪脚先踩我了。

西门锁　唉,把个老实本分的前妻都踩没了,还说啥呢。

阳　乔　你看看,你看看,贺政府,你要为我做主哇,他能把前妻踩没了,就能把后妻也踩没呀!我痛苦得很,痛苦得很,生命不能承受之重啊!

［众房客偷乐。

贺春梅　你这回到底踩了没,对政府要讲老实话。

西门锁　踩……是踩了,可……可不是故意的。

阳　乔　还不是故意的,你把那娘们踩得"吱"的一声,还要咋故意?

贺春梅 你们家的问题确实很严重啊,不仅赌博,而且还有苟且之事,看来我得下茬管一管了。(见院子乱哄哄的人太多)走,屋里请!

阳　乔 (对西门锁)走!

　　　　[西门锁和阳乔向房里走去。

房客甲 好货呀。

房客乙 瞎尿么。

房客丙 (悄声地对贺春梅)把两个赌徒一回办到局子里去。

贺春梅 你个瞎东西,就爱搞不和谐。(将一个千层饼塞进了房客甲的嘴里)

房客丁 这家里好货少,最好连窝端。

贺春梅 你更是唯恐天下不乱。(将另一个千层饼塞进了房客乙嘴里。整装进房)

　　　　[众议论着散去。

　　　　[金锁烂醉如泥上,一下跌在独凳旁,边唱边跳起《独凳舞》。

金　锁 (唱)昨夜蹦迪到今早,

出门遇条大藏獒。

逗狗碰着鹦鹉鸟，

会说周末您逍遥。

中午又是同学叫，

开心喝得有点高。

好像踢了狗肉煲，

还给桌上攮一刀。

[金锁一屁股跌坐在独凳上，独凳倒地，金锁随着倒地。

[罗甲秀上。

罗甲秀　哎呀，金锁，你咋喝成这样了？

金　锁　我……我是回来上课的，甲秀姐来了，我要上课。

（自己从凳子底翻上来，又跌下去）

[罗甲秀急忙搀扶。

金　锁　（一把抓住罗甲秀）姐……姐……

罗甲秀　（害怕地）你……你咋了？

金　锁　我喜欢姐……我喜欢姐。

罗甲秀　你胡说啥呢。

金　锁　就是……我可喜欢姐了，自从有了姐，我就爱学习了,你教英语,我……我爱英语,你教数学,我……我就爱数学……

罗甲秀 爱了好好学就是了。(躲避地)你赶快回去休息吧,今天我有事,不能上课了。

金　锁 (死搅蛮缠地挡住去路)不行,非上不可,是……是你让我上……上了学习瘾了,不学……不行!坚决不行!

罗甲秀 你喝成这样咋学嘛?

金　锁 就……就这样学,我看着你,你……你看着我,就这样……我给钱,很多钱……我爷留的多的是。(掏出钱,还有一摞卡)卡也行,一刷,啥都有……

罗甲秀 你才多大个娃,咋学得这坏的?

金　锁 不……不是坏,是……是爱!(一把抱住罗甲秀)

〔罗甲成上,见状怒不可遏,顺手操起了独凳。

罗甲成 西门金锁,你个恶少!

(唱)早就想让你挂彩,

　　　早就想给你教乖。

野地的倭瓜难做菜，

天生的歪树不成材。

我叫你坏，我叫你爱，

我叫你狗脸花开桃红腮。

〔追打中罗甲秀拼命阻挡，但最终凳子还是落在了金锁身上。

金　锁　杀……杀人了，这回是真的……杀人了……(被凳子重重地砸倒在地)

〔罗甲秀惊呆。

〔阳乔闻声跑上，西门锁与贺春梅跟上。

〔罗天福、淑惠和众人也纷纷从房内出。

阳　乔　天哪，真的杀人了哇！金锁，我的儿子啊！

贺春梅　怎么回事？谁打的？

罗甲成　我。

贺春梅　是失手了吧？

罗甲成　不，故意的。

众　　啊！(惊呆)

贺春梅　(一摸金锁的气息)还不赶快送医院？

〔舞台急剧变动。

〔大槐树仍在,东方雨老人又在拉板胡。

〔罗天福租房中,罗天福正在教训罗甲成。

罗天福 （唱）你野性难驯不成器,

　　　　　　遇事躁乱似火逼。

　　　　　　不懂放小守大义,

　　　　　　莽汉挥刀把祸罹。

罗甲成 （唱）姐姐懦弱常掩泣,

　　　　　　逆来顺受软如泥。

罗天福 （唱）你姐以柔克刚心坚毅,

　　　　　　目标存远是高棋。

　　　　　　你心胸狭隘认死理,

　　　　　　争强好胜总折旗。

罗甲成 （唱）我们难道该受气?

罗天福 （唱）打人能叫啥出息?

罗甲成 （唱）忍到何处是尽地?

罗天福 （唱）大事不乱人生就未把头低。

罗甲成 （唱）阿Q就是父亲你。

罗天福 （气急败坏地）你……你……

　　　　（唱）你貌似强力,实则猴急,心胸狭小,处事偏激。

你是一个越活越小气的混账东西。

［罗甲秀上。

淑　惠　（急切地问）人怎么样了？

罗甲秀　还好,没出大事,骨头也没伤着,街道办贺主任一直在帮我们说话呢。不过……人家让立马先拿一万块钱过去看病。

淑　惠　啊！（一下软瘫在凳子上）

罗甲成　不给,啥东西！

罗天福　你嘴硬,我看人家要的不多,你凭什么行凶,凭什么打人？你像不像一个大学生？像不像一个城市文明人？你这才叫丢尽了乡下人的脸。没说的,给人家拿钱,我看应该加倍赔偿。拿！

［淑惠从暗角取出一个包袱,打开是一大包袱碎钱。

［一家人围在一起整理。

罗天福　（对罗甲成）还不过来帮忙？

［罗甲成极不情愿地走了过来。

［一家人起《理钱舞》。

罗天福 （唱）一点点收，一点点攒，

淑　惠 （唱）把破的交给娘一片片粘。

罗甲秀 （唱）这些钱浸透了爹娘的血汗，

罗甲成 （唱）不忍动不忍看我心如刀剜。

罗天福 （唱）一点点数，一点点验，

淑　惠 （唱）把残的挑出来别混在里边。

罗甲秀 （唱）爹娘穷志不短为人良善，

罗甲成 （唱）见屋檐就低头马善被人鞭。

〔零钱理好，淑惠数了数。

淑　惠 他爹呀，这回窟窿捅大了，恐怕也只好先卖一棵紫薇树，让眼前这关先过了哇！

罗天福 你怎么也打起紫薇树的主意了？除非我死了，那两棵紫薇树谁也别想动。

罗甲秀 爹，我这还攒了一点，一起先凑凑吧，不够了，我去贷点款。

罗天福 （颤巍巍接过女儿的钱）算爹借你的！

（唱）交了钱再去给人家道个歉，（对罗甲成）

　　　　做错了万不能耍横蛮。

　　　　咱罗家知书达理是非明辨，

　　　　输了理充硬汉那是刁顽。

　　　　安下心扑下身子好好把书念，

　　　　有了根有了本路径自然宽。

　　　　要自尊咱先得自省自勉，

　　　　要硬气咱就需硬在骨头里边。

［罗甲成慢慢接过钱，牙骨咬得咯嘣作响。

［秦腔黑头声至：

　　　　我大，我爷，我老爷，我老老爷就是这一唱，

　　　　慷慨激昂，还有点苍凉。

　　　　不管日子过得顺当还是恓惶，

　　　　这一股气力从来就没塌过腔。

［东方雨老人的板胡声幽远沧桑。

第四场

〔一年后。

〔夜色中的大学校园湖畔。

〔罗甲秀提着行李徘徊在湖岸。

罗甲秀 （唱）大学毕业情未了，

　　　　即将离校热泪抛。

　　　　绕树三匝恋枝鸟，

　　　　一朝飞去哪是巢？

〔罗天福提了些千层饼上。

罗天福 甲秀，爹不是说了，来帮你拿行李么，咋自己都背出来了。

罗甲秀 爹，我能背动。

〔罗天福欲挑行李，突感腰痛，闪了一下。

罗甲秀 爹，快放下。（给爹捶腰）爹，我咋听说……你到一个工地推销千层饼，让人家……打了！

罗天福 （故意轻描淡写地）噢，人家那工地连住丢东西，爹不知道,进去让人家误抓了,人家已经赔礼道歉了。

罗甲秀 打得重不?(掀起衣服看脊背,惊异地)啊!

罗天福 没事,都快好了。可不敢叫你弟知道,那犟脾气,知道了惹事呢。

罗甲秀 (难过地)爹!我回来帮你。

罗天福 娃呀,你能找下好工作,还是要努力找工作哇!

罗甲秀 我一边帮你一边找。

罗天福 噢,也好。你看我弄了个新包装,既卫生又好提,就叫天福牌千层饼,帮村里来的人都推销推销。我想你们学校大灶人多,能不能……

罗甲秀 爹,我去试试。

罗天福 该不伤我娃面子吧?这事我也想了好久,就是怕……

罗甲秀 这有啥?爹你先回去吧,我去试试。

罗天福 噢,好。(艰难地挑起行李下)

〔甲秀正欲走,金锁从树后窜出。衣服被划烂,手上脸上都是伤。

金　锁 姐!

罗甲秀 你咋在这儿？你又打架了？

金　锁 噢,没有。你不是今天毕业离校吗,我是来帮忙的。看,我买了辆跑车,专门来接你呢。(将车钥匙扔给罗甲秀)给,喜欢了就是你的。

罗甲秀 嘿嘿,你真是太孩子气了。(将钥匙还给金锁)谢谢你了,我的东西已经拿走了。

金　锁 我都看见了,让岳父抢了头功。

罗甲秀 (顿生恼意地)你才多大个人,咋尽说些没头没脑的话呢?

金　锁 我都十八了,马上就过生日呀。姐,你看我给你逮了个啥。(从怀里掏出一只蝉)哦唷,捂死了。

罗甲秀 金蝉?

金　锁 我看你老爱听树上的蝉叫,说可像回家乡的感觉,我就给你逮了一只。

罗甲秀 你是上树把身上划烂的?

金　锁 嘿嘿,没事。

罗甲秀 (心疼地给金锁整理衣服查看伤口)金锁,你呀!你应该把全部精力放在学习上,今年没考上大学,明年继续努力嘛。

金　锁　我还努力啥呢,姐,你觉得我还缺啥吗?

罗甲秀　呵呵,知识也不缺吗?

金　锁　要那谝哪,我看把钱能数清就行。咱院子看树的老头该有知识吧,到头来就看了一棵树,我想我老了天天有钱数,总比他混得强吧?

罗甲秀　(无奈地摇摇头)金锁,你整天尽和一些街道闲人卷在一起,怎么老是不长进呢?

金　锁　我哪里不长进了?去年没车,今年有了,还没长进?姐,我可爱你了。

罗甲秀　再别瞎说了,快回去吧,我还有事。(欲走)

金　锁　姐,我知道你这一毕业,还没工作呢,放心吧,有我呢,咱家不差钱。

罗甲秀　(无可奈何地)嘿嘿,我会找到工作的,你快走吧!

金　锁　姐!(突然从怀中掏出一枝玫瑰花,学西方求爱礼节地单膝跪地,煞有介事地唱)

　　　　　　这枝玫瑰不掺假,
　　　　　　是鲜活鲜红的玫瑰花。
　　　　　　求你能把它收下,
　　　　　　爱你是我真心的表达。

罗甲秀　（唱）你快站起别犯傻，

　　　　　　　小心花刺把手扎。

　　　　　　　我也心疼小弟你，

　　　　　　　那是一杯清纯的茶。

金　锁　（唱）你毕业不用把工打，

　　　　　　　我端直把你接回家。

　　　　　　　爸妈要是不同意，

　　　　　　　我一把火将房烧垮塌。

罗甲秀　（唱）求你莫再说混话，

　　　　　　　赶快离开别磨牙。

　　　　　　　倘若我弟看见了，

　　　　　　　又是雷电劈彩霞。

金　锁　（唱）他那几下我不怕，

　　　　　　　转眼还得赔伤疤。

　　　　　　　你若不把我接纳，

　　　　　　　我……我就跳进湖里喂王八。

罗甲秀　你……（气恼异常地转身就走，金锁阻挡，纠缠不休）你干什么？你要干什么？

金　锁　（失控地）我爱你，我就喜欢你这种村姑型的，城

里女娃都假得很,我……我就爱你……(强行拥抱罗甲秀)

［罗甲秀终于忍无可忍,狠狠地将金锁掀翻在地,然后哭着跑下。

［金锁傻愣在那里。

金　　锁　(活动活动胳膊腿,对着湖面怒吼地)野蛮女友!(然后无处发泄,狠狠踢翻一个垃圾桶,又掀翻一个座椅,再拔起一棵小树后离去)

［罗甲成上。

罗甲成　(唱)晚霞如酒红胜火,

　　　　　　湖光似烧漾金波。

　　　　　　爱上校园人一个,

　　　　　　心中红日欲喷薄。

　　　　　　十年寒窗风雪裹,

　　　　　　一朝出头要放歌。

　　　　　　一切机遇绝不舍,

　　　　　　人上人也是凡身肉胎猿猴科。

［罗甲成心情大好地扶起被金锁弄翻的垃圾桶和座椅,并栽植着被金锁拔起的小树,一边神情

迷茫地向远处张望着。

［童薇薇上。

童薇薇　（唱）甲成盛邀难藏躲，

　　　　　　　言说有诗需雕琢。

　　　　　　　举止怪异闪又躲，

　　　　　　　到底相约树哪棵。

［罗甲成从树后闪出。

罗甲成　（唱）就是相思树西侧，

童薇薇　（唱）像是抗战把敌磨。

罗甲成　（唱）晚霞如虹撩心魄，

童薇薇　（唱）今夜恐要起风波。

罗甲成　（唱）湖岸相携一对鹅，

童薇薇　（唱）让我惊飞各回窝。

罗甲成　（唱）千万别把它恫吓，

童薇薇　（唱）你要谈诗何不说？

罗甲成　（唱）满目尽诗你不唱和，

童薇薇　（唱）我是能动专业吟诗拙。

罗甲成　（唱）校花一朵你才情绝，

童薇薇　（唱）这样的夸奖像戏说。

罗甲成　对不起,我……我让你弄得没词了。薇薇,你……你难道就感觉不到我……我的……

童薇薇　你的什么?

罗甲成　我对你的……那点意思吗?

童薇薇　什么意思?

罗甲成　噢,你对我的,我全感觉到了。学生会选举,你推荐我做候选人,并且还动员那么多同学支持我。

童薇薇　这是因为我觉得你能代表一个方面。

罗甲成　恐怕还有其他……更加温暖的含意吧。

童薇薇　什么温暖的含意呀?

罗甲成　你对我的……关爱……

童薇薇　是呀,同学嘛,应该的。

罗甲成　可这里面……分明有更深的……意味(用英语单词说)……

童薇薇　关爱就是关爱,还有什么意味呀?

罗甲成　那是……是一种特殊的感情……

童薇薇　你想偏了吧?

罗甲成　(有点茫然地)薇薇,难道你……你平常对我的那些感情都……

童薇薇　罗甲成同学!

　　　　（唱）爸爸始终教育我,

　　　　　　要关爱弱者把雨露播。

　　　　　　你姐弟的故事如青果,

　　　　　　苦涩的经历让我把泪落。

　　　　　　默默为你发光又添热,

　　　　　　只是想帮你走出困顿的生活。

罗甲成　（深感遭侮辱地）童薇薇,你瞧不起我?

童薇薇　没有,你的学习成绩比我好,我很敬佩你呀!

罗甲成　可你在骨子里瞧不起我。我一直以为你待我很平等,原来你早已把自己放在了拯救者的位置上,你凭什么帮助我?我家是贫困户吗?我向你们申请过救助吗?

童薇薇　对不起,我是在执行学生会的"一路同行"计划,这个计划之所以秘密进行,就是害怕伤害你们的自尊。我偷偷跟随过你一次,看见过你爹娘打饼的身影……对不起,你太敏感,心里太脆弱,我的帮助也只好遮遮掩掩,让你误会太深了……今天既然说破了也好,关爱和爱情是有本质区别的。

如果关爱伤害了你,我们马上撤销对你的行动计划。罗甲成同学,再次深深向你道歉,对不起!(深深鞠躬)另外,我还想告诉你,你的学生会主席团候选人资格被取消了。

罗甲成 (大惊)为什么?

童薇薇 还需要我告诉你吗?你在网上强力攻击你的竞争对手,同学们都认为你求成心切,有失风范,全部倒戈。对不起!(下)

〔罗甲成被彻底击倒在草坪上。

〔天空隐约出现闪电,滚过雷声。

罗甲成 (唱)一席话灵肉刺痛天地倒错,

赤裸裸尊严失尽面皮全剥。

我本想爱情事业双双结果,

谁料想西西弗斯巨石推上又滑落。

原以为走出大山天就辽阔,

挣断肠跳过龙门命越龟缩。

告别了沟壑,

告别不了我的穷窝。

走进了城郭,

走不平等我的人格。

一心想催生花朵,

不曾想招来恶魔。

我还上的什么学?

弄巧成拙的污点怎涤濯?

我第一次深刻认识我,

再努力还是一个登不上台面、进不了场面、遭人边缘的山里哥。

满目诗意全凋落,

湖光黯淡尽混浊。

找一个无人知我根底的处所,

过一种没有侧目而过、同情施舍,人格平等的生活。

〔罗甲成愤然将自己刚刚扶起的垃圾桶和座椅又掀翻在地,正欲甩手而去,罗天福挑着一担用塑料布包裹着的千层饼上。

罗天福 甲成,你姐给你们学校大灶联系了一下,人家立马让先送一百个千层饼过来试试。这个路子要能开通,村里新来的这一拨,吃饭问题就解决了。

罗甲成　（突然愤怒异常地）让千层饼见鬼去吧！

罗天福　我娃咋了？要是嫌丢人，爹挑回去就是了。

罗甲成　（突然号啕大哭起来）爹，我们放弃吧！

罗天福　放弃什么？

罗甲成　放弃你的西京梦，放弃一切。什么奋斗都是徒劳的。（愤然踢飞垃圾桶）

罗天福　娃你咋说这话呢？这……这都是你干的？（指着被破坏的设施）

罗甲成　爹，在你眼中，我和姐姐是龙，是凤，你以为我们上了大学，就能成龙成凤，改变命运。可实际上，我们掏空家底，搭上老命，仍然是城里人眼中的下三烂。姐今天毕业，还不知啥时才能就业，再别给自己编织虚幻的梦想了，你和娘赶快回去吧，在乡下还能像人一样地活着，在这儿，你就是污水，是"牛皮癣"，是贼……

罗天福　你……你咋……

罗甲成　爹，靠打饼实现不了你的西京梦，你们赶快回家养老去吧！去你的，千层饼！（狠狠踢飞饼担子跑下）

罗天福　甲成——

（唱）炸雷击顶梦重创，

　　　天塌地陷抽脊梁。

　　　十几年好学上进的读书郎，

　　　进城变成了秉性顽劣的走火枪。

　　　是什么让他心迷惘？

　　　是什么将他变乖张？

　　　日渐孤愤心志丧，

　　　挫败了为父殷殷期望苦心浇灌望子成龙血一腔。

　　　我是个失败的教书匠，

　　　把儿子教成了叛逆郎。

　　　我是个失败的领路爹，

　　　西京梦将夭折深感悲凉。

［罗天福慢慢扶起被罗甲成毁坏的一切，人动景移，罗天福挑着千层饼行进在雨夜中。跌倒。

　　　真想蜷缩进家乡的热炕，

　　　真想醉卧在故乡的荷塘。

　　　守着我那花开如火的紫薇树，

　　　望着我那书声琅琅的小学堂。（慢慢爬起）

腰杆已背不动日子的细账，

精神已撑不住岁月漏的光。

日子不是苦尽甘来节节向上，

生活不是付出回报两相抵偿。

日子是天天激战无战况，

生活是年年拼命少华章。

我真想一卧不起退下场，

我真想一病不治皆了亡。

可老伴浑身病痛谁将养，

女儿她毕业尚无落脚方。

最愁儿子变态相，

一旦生恶必疯狂。

不能为社会造栋梁，

也不能给人间养毒疮。

好乡亲也指望我把路蹚，

这信任把我卑微的生命照亮堂。

一切都不能往下放，

老罗的担子还得老罗咬紧牙关往前扛。

〔西门锁家院落出现。

罗甲秀　爹,甲成他……

罗天福　他怎么了?

罗甲秀　他离家出走了!

　　　　［罗天福大惊。

　　　　［院子里所有人都为罗家忙活起来。

旺春嫂　罗主任,莫急呀。

房客甲　我们都在帮忙找着哩。

房客乙　这娃会走远吗?

房客丙　恐怕不会近。

房客丁　啥事能气成这样?

房客戊　我看娃不想活的心思都有哇!

房客己　东方老人问过他一句。

房客庚　他回答得可噌了。

房客辛　他说:不想再见天日!

罗天福　啊!(扔下担子)甲成——(追下)

　　　　［黑头的咏唱声凄厉而至:

　　　　　　我大,我爷,我老爷,我老老爷就是这一唱,

　　　　　　慷慨激昂,还有点苍凉。

　　　　［暗转。

第五场

［西门锁家院落。

［东方雨老人依然在古槐下拉着如泣如诉的板胡。

［童薇薇、罗甲秀和母亲淑惠在向远处瞭望。

［众房客围上。

旺春嫂 姨,还没消息?

淑　惠 没有。

罗甲秀 他就在网上留了一句话,说别找他,他到很远的地方打工去了。

旺春嫂 这孩子也太不懂事了。罗主任去找娃也走了十几天了。唉!

房客甲 姨,我帮你打听了,我们那一片工地,没人听说甲成去过。

淑　惠 唉,都麻烦你们了。

**　众** （议论）会到哪儿去呢?

　　［贺春梅上。

众　　　贺主任！政府那边有消息吗？

贺春梅　（摇摇头）还没有，不过全市派出所都备案了。

淑　惠　谢谢大家惦记了,谢谢！谢谢！

众　　　姨,你还要保重身体！人一定会回来的。

童薇薇　罗阿姨,别着急,我们都在找他,相信他会回来的。

淑　惠　噢,谢谢！谢谢贺主任！谢谢同学们！（罗甲秀搀扶母亲进房）

[童薇薇下。

[富贵叔领着几个乡下老者,扛着大包小包的行李,探头探脑地上。

旺春嫂　富贵叔,你们怎么来了？

富贵叔　哎呀,总算找到了。罗主任也住这儿吧？

旺春嫂　你们怎么也来了？

富贵叔　奔罗主任来了。

老者甲　（唱）我能把饼擀得薄如缎,

老者乙　（唱）我能把面揉得筋似砖。

老者丙　（唱）我能把大料调得香五里,

富贵叔　（唱）我能把叫卖声喊得穿过两座山。

旺春嫂　还叫卖呢,甲成跑了半个月不见人影,罗主任去找,到现在也没个消息。都先到我们家里歇着吧,等罗主任回来看咋弄。

贺春梅 你们就这么信任你们的罗主任?

富贵叔 嗨,罗主任你不相信你相信谁?那是绝对的。

〔众议论着进房。

〔贺春梅欲下,西门锁与阳乔从房里厮打出。

阳　乔 (几近疯狂地)你必须老实交代!

西门锁 交……交代啥嘛?

阳　乔 你到底给了那个骚货多少钱?真的要活活把我气死嘛……(撒泼地一屁股瘫在地上)

西门锁 你真格不嫌搡眼吗?(欲拉阳乔)

阳　乔 (闹腾得更凶地)活不成了哇,我活不成了哇……

贺春梅 (冷冷地)还嫌这院子不闹吗?

阳　乔 你这话啥意思?你就这样关心老百姓的痛痒啊?

贺春梅 哪儿痛?说!

〔有人给贺春梅搬来了凳子。

阳　乔 你问他。(指西门锁)

西门锁 呵呵,内部矛盾,人民内部矛盾。

阳　乔 已经转化到外部了。

贺春梅　咋回事？

西门锁　(张口结舌地)哎……哎……诬陷好……好人哩。

阳　乔　你再是好人,那世上就没坏人了。他,他把一大沓钱给了上一回踩脚那个骚货,让我逮了个正着哇!

贺春梅　(对西门锁)有句俗话说,六十岁尿炕——老毛病哪!

西门锁　人……人家是借哩。

阳　乔　这比猫借耗子还可怕呀!贺主任必须得给我撑腰哇。

贺春梅　是副的。

阳　乔　都已经常务了,能拿事么。你说把这号老前科犯咋办呀嘛?

房客乙　凉拌。

贺春梅　去去去,起哄啥呢。钱拿走了没有?

阳　乔　让我一把给抓回来了。他把我坑苦了哇,十八年了,我原来一尺八的腰围,看看现在;我过去脸上粉嘟嘟的,看看现在……唉,真是"敌营十八年"哪!

贺春梅 那是自然现象么。

阳　乔 我这都是让他气的来,我痛苦得很哪。我一想起脸上的皱纹被他气得一天天多起来,我就不想活了哇,生命不能承受之重啊!活得太累太痛苦了哇!西门锁,我跟你这个低级动物没完。

房客甲 (故意地)人是高级动物。

阳　乔 男人这个动物不是,至少目前我还没看出来。

房客乙 你是太清闲了。

房客丙 脑子容易搁事。

阳　乔 你们农民工懂什么?吃饱了,穿暖了,有活干了,工钱拿到了,就睡得跟猪一样。可我们有精神生活哇,你们哪懂得精神痛苦有多痛苦哇!

房客丁 你睡着的那个鼾声可不比我们美妙。

房客戊 三层楼都震动呢。

房客己 (悄声地)能跟驴PK。

房客庚 你是筋懒得痛苦。

房客辛 不是精神痛苦。

阳　乔 去去去,我的精神真的痛苦得很哪,贺主任哪!

贺春梅 (无奈地)你的确很痛苦,我都为你感到痛苦哇!

阳　乔　这下我跟政府总算坐到一条板凳上了！（挤到一条板凳上坐着）

贺春梅　（愤然站起）都是钱烧的来。（板凳翘空，阳乔一屁股蹾在地上）

　　　　［一房客跑上。

房　客　不好了,金锁在街上醉酒飙车,把人……人卷到车轮下边了！

阳　乔　啊,天哪！都是你这个低级动物养的好货呀！

　　　　（揪着西门锁急下）

贺春梅　唉！钱少了不好过,钱多了也过不好哇！

　　　　［众议论着散去。东方雨老人仍在给唐槐挂吊瓶。

罗天福　（内唱）

　　　　恨甲成不懂事一逃千里——

　　　　［罗天福拉着罗甲成上。

　　　　（接唱）投黑矿下煤窑犟得出奇。

罗甲成　（唱）我甘愿不见天沉到井底,

　　　　　　再不想在世上被人看低。

罗天福　先回家再说。

罗甲成　爹,我说过了,你就是把我弄回来,我还是要走的,反正我不上学了。

罗天福 你……

　　　　　［院中房客闻讯围上。

房客甲 娃呀,你终于回来了!

房客乙 可怜天下父母心哪!

房客丙 太不懂事了!

房客丁 你爹娘撸你几棍都应该。

　　　　　［罗甲成恼羞成怒地再次夺路欲走。

　　　　　［罗甲秀与母亲急上。

淑　惠 甲成!(上前悲喜交加地狠狠打了罗甲成几拳,声泪俱下)

房客戊 你真是太不争气了,孩子。

房客己 你都快把你娘逼疯了,还不快回去?

房客庚 东方老伯,你有知识有文化,劝劝这孩子吧。

众 劝劝这孩子吧!

罗甲秀 甲成!(暗示让他搀扶母亲,罗甲成上前搀住母亲,极不情愿地慢慢向房中走去)

　　　　　［罗甲秀被东方雨老人叫到了一旁。

　　　　　［舞台变换。

［罗家租房内。

［罗天福一关上门,即顺手操起锅盖,向罗甲成打去。罗甲成一动不动,淑惠急忙抢锅盖。

淑　　惠　他爹,你干啥呢?甲成,还不给你爹跪下。

［罗甲成不屈服地扭扭脑袋。

［淑惠将罗甲成压跪在地,罗甲成又站了起来。淑惠无奈,紧紧用背顶住锅盖,无意间挨了好几锅盖。

淑　　惠　你个犟牛瘟哪,你就给你爹认个错吧!你爹是为你们付出太多了,把你们都想得太好了,你这样……他咋受得了哇,娃呀!

　　　　　(唱)自你出走那一天,

　　　　　　　一家人心上把刀悬。

　　　　　　　你爹三日未进米和面,

　　　　　　　夜夜找到五更寒。

　　　　　　　不懂事还不听劝,

　　　　　　　娘咋养下你这抗硬性子倔巴男。

［罗天福深感绝望地扔下锅盖,拿起灶台上一瓶酒,仰脖灌下,老泪纵横。淑惠又急忙起身抢

酒瓶。

淑　　惠　他爹,别再折腾自己了。

[罗天福突然失声痛哭,踉跄走进布帘隔出的内室。

淑　　惠　甲成,看把你爹气得,你这一塌火,算是把你爹的筋骨抽了哇!你觉得咱家不行了,没指望了,可我跟你爹几十年,从来没有这种感觉哇,再遇见沟呀坎呀的,你爹都能撑得住,扛得下,迈得过去呀!

罗甲成　（嘟囔地）也活得太窝囊了。

淑　　惠　你说啥?你爹活得窝囊?

罗甲成　还不窝囊?还想我们跟他那样活一辈子?无尊严,毋宁死!

淑　　惠　你说啥?

罗甲成　你看看他一辈子,民办教师当了十几年,该转正了,让人家一脚给踢了,村主任当得好好的,又让人家踹了,吭都不吭一声,还要咋窝囊?

淑　　惠　（生怕罗天福听见地）你悄声些。娃呀,既然说到这事,你也想想你爹是咋样为人处世的。他本来再熬两年多,民办教师就够转正年限了,可上边派来了大学生……我以为你爹彻底给打趴下了,谁知新来的老师,竟然是他去山外接回来的。一村人都说他傻,可他说,人家娃是师范大学毕业的,比咱强,人得服人哩,你瞧你爹这做人……

罗甲成 哼,上边要统一给村主任发工资了,他窝囊得就让人家攥了。

淑　惠 你说人家要年轻化,你爹五六十岁的人了,腰又不好使,能赖着不让?

罗甲成 哼哼,他高尚,他伟大! 可我不想这样活了,太累了,压力太大了,你们放我走吧!

(唱)一切希望看不见,
　　　还扳的什么舵,撑的什么船?
　　　富有的咱几代难以往上赶,
　　　尊贵的咱永远不能去比肩。
　　　毕了业即失业投入万金随风散,
　　　播龙种收跳蚤待到那时更觉冤。
　　　既无果又何必挣挣巴巴去强赚,
　　　服了输认了命浑浑噩噩也安闲。

　　　　　能过了糊里糊涂过几天，

　　　　　不过了登高一跳皆了然。

淑　惠　（惊呆）甲成哪，爹娘费这大的气力，把你供养出来，难道就想听你这句丧气话吗？娃呀！

　　　　（唱）娘一辈子不信神，

　　　　　单信你爹这个人。

　　　　　只要你爹心在跳，

　　　　　咱家就能往前奔。

　　　　　莫嫌你爹不富贵，

　　　　　你爹寸心值万金。

　　　　　莫说你痛苦压力重，

　　　　　看看你爹的脊梁就懂得他的痛苦压力有几重。

〔罗甲秀上。

〔淑惠双手颤抖地从一个包袱里拿出一厚摞医院拍的罗天福的脊椎片，让孩子们看。

淑　惠　（唱）这脊梁驮着你们爬山岭，

罗甲秀　（唱）这脊梁挑着我们求学进县城。

淑　惠　（唱）这脊梁几次折损几次接拢，

罗甲秀 （唱）这脊梁就是我们的银行我们的天空。

罗甲成 （唱）眼望父亲的脊梁心情更加沉重，

脊梁为我们弯曲回报的路径空蒙。

我必须下狠心把父亲的痴梦警醒，

宁愿死绝不重复这样煎熬的人生。（再次欲走）

〔罗天福掀开布帘，出现在门口。

〔罗天福扑通跪倒在儿子面前。

罗天福 你活着吧，你好好活着吧！我投降了，彻底给你投降了，给天、给地、给世事投降了。我啥也不守了，回去先把那两棵紫薇树一卖，都交给你，让你一夜改变一切，只要钱能把这一切都改变了。我投降了，罗天福给儿子投降了！（以头叩地）

〔一家人乱成一团，急忙挽扶罗天福。

罗天福 我一辈子不窝囊，养个儿子把我养窝囊了。我一辈子教育人，到头来让儿子把我给教育了。我后悔没卖了那两棵紫薇树，让你拿着几十万来西京城风风光光地上大学哇！

淑　惠　他爹!

罗天福　大炼钢铁那年,你爷为保这两棵树,活活吊死在上面,今天看来真是不值得呀!他为啥能用命去护树?是这两棵树保过他父亲一家的命哪。那年发山洪,半个村子都滑走了,罗家就是因为有这两棵树,才固住了老房庄子。这两棵树于老罗家有恩情哪!罗家世世代代都是烧香供着敬着的呀!现在什么不能卖?什么不能挖?什么不能毁呀?我真后悔当村主任时,有人要买村里的那片紫薇林,提了半麻袋钱来贿赂我,我竟然一口回绝,没给你把钱收下,让你好体体面面地活人哪,我真窝囊啊!苍天哪,罗天福守不住了,罗天福要放弃了——罗天福要把一切都放弃了——(长跪不起)

淑　惠　快,快扶你爹,你爹这脊梁一垮,这个家就彻底完了!

罗甲秀　爹!(扑跪)

〔淑惠暗示罗甲成跪,罗甲成仍不愿,淑惠扑通跪地,罗甲成无奈跪下。

罗天福 （唱）呼啦啦一家人全跪倒，

　　　　　　好像是祭坛把魂招。

　　　　　　我真的撑不住想松套，

　　　　　　不守了一切都轻飘。

　　　　　　我也会投机取巧把鬼捣，

　　　　　　我也能靠山吃山把钱捞。

　　　　　　何必要丁是丁来卯是卯，

　　　　　　天底下不单是聚沙成塔路一条。

　　　　　　恍惚间我已脊梁断裂形枯槁——

〔黑头唱声出现在画外：

　　　　　　我大，我爷，我老爷，我老老爷就是这一唱，

　　　　　　慷慨激昂，还有点苍凉。

　　　　　　不管日子过得顺当还是恓惶，

　　　　　　这一股气力从来就没塌过腔。

罗天福 （唱）抬眼望突感一家之长不可先折腰，

　　　　　　再锈的铁锁也得往开撬。

　　　　　　这盘棋谁都能走，

　　　　　　我这个家长不能逃。

　　　　　　孩子呀！

我理解你生活的苦恼,

我懂得你成才的煎熬。

城市让人生活更美好,

城市也让人活得一团糟。

眼花缭乱就会心性浮躁,

好高骛远最易根底脱锚。

心态失衡看事自然颠倒,

急于求成精神愈发浮飘。

我喜欢你追求上进渴慕美好,

我欣赏你读书用功总领风骚。

我失望你过于自尊,偏执孤傲,

缺少定力,微波惊涛。

我痛心你志气输掉,半途折夭,

懦夫溃逃,责任全抛。

有些事你改变不了,我也改变不了,

可命运的缰绳全靠自己挽紧套牢。

如能平心静气点点丰茂,

城市的大舞台定会让你台阶隆起步步走高。

可惜你放任自流心生奇巧，

家再贫贫不过你人心锈蚀精神枯凋。

我不是富爸爸难以让你尊贵显耀，

也没觉得打饼谋生就下贱害臊。

不择手段得富贵我宁可穷困潦倒，

凭劳动获取回报最是立得稳、靠得住、扎得牢。

我的孩子呀，

罗家只有这一个传家宝，

不新鲜，不时髦，遭人讥，惹人笑，

可它是千秋的根基万万不敢乱动摇。

罗甲秀 甲成，东方老爷爷给我们算了一笔账，他让我念给你听听……

〔院中大槐树下，出现东方雨老人拉板胡的身影，声音慷慨悲凉。

〔罗天福和淑惠开始打饼。

罗甲秀 （喃喃地念出声来，后逐渐转化成一个老者的画外音）孩子，这是我计算的一个方程式，你们自己也来解一解。你爹娘自住进这个院落，三年中,据不完全统计,共打饼一百零八万个,平均每天一千个,一个饼需要近三十个手工动作,三年中,他们为生计共劳作了三千二百四十余万次,刨掉面粉、油、芝麻、大料、木炭、房租、水电等一应成本,每个饼平均利润三分钱,三年中,共收入三万零八百元,全部用于你们的学习生活支出……三年中,你爹娘一共穿过两件新衣服,而你们平均一年三套,你爹娘穿的都是你们退下来的旧衣服……我给你们计算这个,不是想让你们忆苦思甜,只是想让你们关注你们父辈脚踏实地、诚实劳作的身影。我父亲是个铁匠,我从小就计算着他打成一件铁器的工作量,这在我以后的成长中很管用。你们的起点已经被他们用肩膀托得高过了他们许多,孩子,知道羔羊是怎么吮吸母亲乳汁的吗?那种双腿跪地的感恩接纳,才是这个世界上最美丽动人的图画……

罗甲成 爹,娘——

[罗甲成终于扑跪在正打饼的父亲和母亲面前。

[一家人悲喜交加。全家人起《打饼舞》。

罗天福　（唱）不求你们成龙成凤,

　　　　　　　　不求你们显贵尊荣。

淑　惠　（唱）只盼你们爱惜生命,

罗天福　（唱）只盼你们大道正行。

淑　惠　（唱）别怕我们起点低矮家境欠丰,

罗天福　（唱）有指望,有信心,不放弃,不害人,

　　　　　　　　我们就是最富有的人家最贵气的门庭。

　　　〔黑头演唱声再次悲欣交集飘至。

　　　〔暗转。

第六场

［两年后。

［西门锁家院落。

［灯启时,西门锁与阳乔已扭打成一团。阳乔拿着菜刀,压住了西门锁。

阳　乔　今天是一场你死我活的斗争,说,把钱给谁了?

［围观者越来越多,夺刀者被阳乔逼退。

阳　乔　说!

西门锁　我就实说了吧,给前妻了,她养着几十个孩子。

阳　乔　养着几十个孩子?

西门锁　她对婚姻绝望后,办了个孤儿院。

阳　乔　老跟你见面的那个骚货是谁?

西门锁　你把刀拿远些我说。她的同事。

阳　乔　她怎么老来拿钱?你们打牌还踩脚?

西门锁　哎呀,你把刀拿远些嘛。前妻病了,是……是乳腺癌……她……她是好心来帮她……

阳　乔　你就一次次把钱往出偷？还打通牌？

西门锁　你……你像母老虎一样，这……这是"逼良为娼"。

阳　乔　你……你这个砍脑壳死的"娼妇"哇！（用刀美美吓了一下把人放了）

房客甲　没吓着吧？

房客乙　（偷偷给西门锁竖起大拇指）原来是个好哥呀！

房客丙　有情有义！

房客丁　弟服你了！

阳　乔　都在这看啥热闹，滚！哎，该交房租了噢。

房客戊　你不能半年涨一回么。

房客己　发酵粉么。

阳　乔　没办法，人都往城里拥么，搭个凉棚也有人租哩。你没看绿豆、大蒜都啥价了，还别说我这货真价实的房子。

房客庚　好一个货真价实呀！

房客辛　五星级。

房客甲　二楼上洗澡一楼泡汤。

房客乙　两口子上床全楼摇晃。

房客丙　昨天电线又着火了。

房客丁 我准备搬哪,害怕火葬。

阳　乔 把你嘴夹紧,不学乌鸦叫,没人说你是哑巴。哎,我这回可是真安电线了噢,给你们那几个新来的小伙子说,再掏出来乱尿,可就真打了。

　　［剃成光头的金锁被贺春梅领上。

金　锁 爸、妈!

阳　乔 (惊喜万分地)金锁,我的儿子啊!(抱住痛哭)你可把妈想坏了哇!

西门锁 你咋回来了?

贺春梅 娃在里边表现好,提前释放了。

阳　乔 政府好哇,好政府哇!祝贺贺主任哪,我们已经听说了,你都升正主任了,街道办"一把手",牛成马了!

金　锁 爸、妈,我准备把我开车撞残疾的那个老人接来一起过哇。

阳　乔 哎哎,这个我们要商量,这个我们要商量。走,先回家吃饭。贺政府,走,一块儿到家吃饭走。

贺春梅 不了,你们好好商量一下,老人是个鳏夫,咱们得共同想想办法。

阳　乔　原来你前后忙着把娃往出弄,尻子后头还跟着这一狠招哇。

贺春梅　人被完全撞残了,可怜得很,我们都有责任把他的生活照顾好么!

西门锁　有责任,有责任。

　　　　［阳乔急忙使眼色让西门锁和金锁走,三人下。

　　　　［东方雨老人背着喷药桶上,明显体衰,走路不稳,跌跌。

贺春梅　(急忙搀扶)东方老伯,我来吧!

　　　　［东方雨老人坚强地登上梯子喷药。

贺春梅　你几次写的关于西京千年大树的保护思路,被政府采纳了,这一块就要建文化广场呢,以唐槐为中心,把孔庙、碑廊、藏书阁,全都整合起来了。

　　　　［东方雨老人十分欣慰地点点头。

贺春梅　你写的关于农民工应享受市民同等教育、文化、医疗待遇的报告,我已送到市长办公桌上了,他们说你是市政府年龄最大也是最尽职的参事。

　　　　［贺春梅与东方雨老人边说边喷药下。

　　　　［罗甲成、童薇薇上。

罗甲成 就这棵树,老头已守了三十多年。

童薇薇 (仰望着树)太让人感动了。

罗甲成 听说老头是陶行知的弟子,上世纪九十年代还在国外学术刊物发表论文呢。后来就一直守着这棵树。你看看这个记事本,老头每天都在上面记录着这棵树和这个院子所发生的一切。

〔罗甲成从树下拿起东方雨老人的记事本。两人虔敬地翻阅起来。

童薇薇 (念)经大量史料考证和植物学家探测,这棵树是唐朝贞观年间所植。

罗甲成 (念)有十七次雷劈记载……

童薇薇 (接着念)先后三次火灾,两次地震,造成主干向东北倾斜四十度,生命支撑力与耐受力为世所罕见……

〔罗甲秀上。

罗甲秀 你们在看什么呢,这么津津有味的?

罗甲成 东方老人的手记。你看:(念记事本)在城市化进程中,成千上万农民工蜂拥而来,他们不仅干了这个城市由丑变美的一切脏活累活,同时还输送了以诚实劳动安身立命的人格精神……

罗甲秀 他是这个城市的大知识分子,在学术界地位很高,但他的良知始终与大地密切相连。

童薇薇 这是我们西京城最深刻动人的故事。我想给老人敬个礼。

　　〔东方雨老人不知啥时忙碌上来,在童薇薇敬礼时,又忙碌下去了。
　　〔罗天福与淑惠上。
　　〔罗天福浑身挂满了儿童玩具。

罗甲秀 爹,你这是干啥呢?

罗天福 嘿嘿,给村里的娃们。你们想,我们回到村上,一沟的娃们都喊叫罗老师、罗师娘回来了,我们还能空脚吊手的吗?

罗甲秀 爹,说走就走哇?

罗天福 你办了公司,把千层饼的生意真的给做大了。甲成大学毕业,考上了硕士博士连读,爹和娘的任务完成了,该回去了。我说过,只供你们上完大学,下来的路全由你们自己去走。看,我还弄了个啥?(掏出一个用红布包着的绿皮本本)

众　　啥？

罗天福　省级特种大树保护证，是东方老人帮我办下的。我也回去看树哇！城里的大树有人经管，乡里的大树也得有人看守哇！

　　　　〔大院突然有人喊："失火了，电线着火了！"

　　　　〔大火骤起，迅速铺天盖地。

　　　　〔一院子人慌忙搬抢着东西。

　　　　〔贺春梅急忙组织救火。

　　　　〔东方雨老人在用水枪喷水救人救树。

　　　　〔合唱：

　　　　　　老房子着火呼啦啦，

　　　　　　眼看柱倾梁垮塌。

　　　　　　早上财神还理事，

　　　　　　转眼供桌焚如渣。

阳　乔　天哪！咋烧得这快呀！快，快，我的私房钱哪！

贺春梅　救人是第一位的，里面还有人没有？

阳　乔　不，是文物，求你们帮我抢救文物，在大立柜后面夹层木板里呀！

　　　　〔金锁反身向火中跑去。

阳　乔　儿子,你不能去呀!

　　　　［金锁已冲进火海。

　　　　［一根大梁垮下。

　　　　［房客甲乙丙丁戊己庚辛冲进去救金锁。

　　　　［罗甲成给头上浇下一桶水后,也冲进了火海。

　　　　［大火越烧越凶,人们在做着最后的努力。

　　　　［罗天福一家人和西门锁一家人几近绝望地向火中扑去,贺春梅与众人奋力阻拦。

　　　　［终于,罗甲成和一群农民工托着金锁从火海中逃了出来。

　　　　［金锁举着一个袋子。袋子开裂,里面是一摞摞人民币和金银珠宝首饰,还有一个金佛爷。

西门锁　天哪,你还攒了这多私房。

贺春梅　要不是罗甲成和这些农民工,你儿子差点把命都搭上了。

阳　乔　谢谢甲成,谢谢各位农民工大哥!

　　　　［阳乔拿着大把的钱塞给救火的人,无一人接受。

　　　　［唐槐烧焦一枝,东方雨老人在拭泪凭吊。众人都随着老人向大树鞠躬。

[这时,准备离开大院的罗天福,突然从包袱中拿出一双皮拖鞋。

罗天福 (对阳乔)娃她姨呀,我们要走了,这是我和你嫂子特意给你买的,意大利真皮的,两千多块,就算是我们住了一场,给你留个念想吧。

阳　乔 (大惊)

[东方雨老人把目光慢慢移了过来。

阳　乔 (极度尴尬地)这……这是……

淑　惠 你就拿上吧。

阳　乔 不明……不白的,我都没给你准备啥……咋好意思呢。

罗天福 那我就说明了吧。三年前的十月二十八号中午,你在院子丢了一双皮拖鞋,真不是我老罗拾了。可三年多来,它一直像一座山一样,压得我喘不过气呀。我今天就回去了,不想把这个难过带回家去。我和你嫂子跑了几条街,给你买了一双,不知颜色对不对,你就收下吧。

[阳乔突然感到了背后那双犀利的眼睛。回头与东方雨老人目光相遇。

　　　　［阳乔向室内跑去。阳乔从家中拿出了那双被烧残的皮拖鞋。

阳　乔　（扑通跪在地上）罗大哥，原谅我吧，鞋我早找到了，可没告诉你。原谅我吧！农民工兄弟们，原谅我们吧！过去有不周到的地方，都请原谅我们吧！（继而给所有救火人磕头谢恩）

罗天福　（无限欣慰地）噢。

　　　　（唱）三年心底负重驮，

　　　　　　今日石出水终落。

　　　　　　我想喊，我想歌，

　　　　　　洗清白了比皇帝老子都快乐。

　　　　　　恨你爱你的西京城，

　　　　　　四年的收成比半生多。

　　　　　　包容是你连天接地的气魄，

　　　　　　文明是你千载绵延的品格。

　　　　　　老罗走了，

　　　　　　舍不得这西京的壮阔。

　　　　　　走了老罗，

　　　　　　从此乡眠中多了西京城梦一样的生活。

〔这时,一群群农民工扛着各种行李,走进院落。

〔众新来的农民工重唱:

我能把饼擀得薄如缎,

我能把面揉得筋似砖。

我能把大料调得香十里,

我能把叫卖声喊得穿过三座山。

〔一个新的农民工家庭,扛着与罗天福四年前上场时一模一样的家具上。父亲与母亲的装束也酷似罗天福和淑惠,儿女酷似罗甲成、罗甲秀。

父　亲　罗主任,你终于完成大业了。我女子儿子也考上大学了,我一家也来西京寻梦了。我专门要租你住过的这间房,就是为了图个吉利呀!

罗天福　(紧紧握住新来父亲的手,百感交集地)好,图个吉利!

〔唐槐下,东方雨老人又一次拿起板胡,拉起了慷慨激越的音调。

〔黑头咏唱声至,后景区渐变。全场人唱起:

我大,我爷,我老爷,我老老爷就是这一唱,

慷慨激昂,还有点苍凉。

不管日子过得顺当还是恓惶，

　　这一股气力从来就没塌过腔。

［咏唱中，以唐槐为中心的文化广场出现。

［人影渐成沧桑浮世绘雕塑。

［剧终。

2008年5月一稿于西安

2010年8月二稿于镇安

2010年11月三稿于北京

附录

陈彦"现代戏三部曲"的价值和意义

季国平

陈彦的戏,我是从《留下真情》开始看的,不过当时看的是其他剧团移植的。之后的三部曲我看过很多遍,印象很深,直接感受是一部比一部好。作为圈内人,对"西京三部曲"的价值和意义我有如下感受:

第一,陈彦的三部曲对地方剧种秦腔有独到的价值。这个很关键,也可能与我们的角色、行当有关系。为什么现在还有上百个剧种活跃在各地?就是因为剧种和其相应的剧目有着独到的价值。陈彦的三部曲,是我们这些年来看到的新编剧目里特别耀眼、引人注目、引人深思的,且与剧种结合非常精彩,或者说它们把剧种的魅力发挥到了极致。这是我体会到的陈彦三部曲给我留下的深刻印象。我写过秦腔《大树西迁》的评论文章《赤子胸襟 西部情怀》，这八个字既是这三部曲的内容，也是陈彦和他的团队用这种赤子之心表现他们的西部情怀。这种赤子之心或者说是童心，最核心的特点就是不受社会外在功利的干扰，有自己独立的思考、艺术的表达。这是很关键的。陈彦的三部曲，剧中人物为了西部事业，没有这种赤子之心是很难坚守的。同样，戏曲研究院和陈彦，如果没有赤子之心，也很难在现代戏创作道路上坚守下去。搞现代戏很难，尤其要搞出一些能留得下的、更长久的作品就更不容易。陈彦的作品就属于这一类，我们感受到剧中人物的真诚和激情，也感受到创作者的真诚和激情，这也是这几部戏的真诚和激情，这非常难能可贵，也正是这几部戏独特的价值。我为什么特别要把剧种提出来？无论是眉户剧《迟开的玫瑰》，还是后两部的秦腔，都展示出秦文化和大秦腔独到的魅力。随着当代文化交流越来越频繁，剧种慢慢消逝也不足为怪。但如果我们能够在经济一体化大背景下把握好文化的多元和文化个性的张扬，能够把剧种和文化的优势发挥到极致，将区域文化的优势和剧种的优势发挥好,这恰好提供了展示文化的空间。所以,陈彦三部曲的价值,除了剧本身内容的价值,剧种的价值也值得我们关注。因为三部曲里面既有秦人的语言和曲调,又有秦人的性格和西部精神,它与剧种是相关联的。在文化的多元化背景下,我们要弘扬地域文化,发挥自身的优势。陈彦的这几部戏,西部文化和秦人精神得到张扬。

第二,陈彦的三部曲对现代戏有独到的意义和价值。简单说,就是真实性和艺术性。道理其实很简单,但问题是在各种诱惑、各种文化现象的冲击下,我们要有自己的独立思考和坚守。胡锦涛同志在建党90周年的讲话中,强调文化的自觉自信是从中华民族的角度来讲的。对于不同的艺术门类和品种,也同样存在自觉和自信的问题,我们需要向强势的文化包括媒体学习和借鉴,但是不能在这个过程中丢失了自我,不能把自身迷失了。同样我们看到三部曲对现代戏产生了独到重要的启示和价值。现代戏要写好,最重要的就是真实性的问题,剧作家通过对当下生活的独到把握和理解,打通能跟当代人共鸣的思想、人物、方式。陈彦自己对现代戏的几点思考,给我启示很大,从《迟开的玫瑰》开始,他关心普通人物。我们需要写英雄人物,需要真人真事的艺术人物,但我们更需要剧作家艺术地、戏剧性地去把握。这只是一个方面,更多的是对当下生活的感悟。对戏曲剧作家的文学性,我是非常钦佩的。实际上戏曲的文学价值,绝不亚于小说,甚至某种程度上比小说更难。小说创作的自由度比戏曲更广阔,戏曲创作受舞台制约,从这点上讲,如果说戏曲的文学很出色,思想闪光,对二度创作就有了很大的发挥空间。对当下戏曲的把握,这是戏曲二度创作重点把握的。戏曲是在已有的样式上发展。行当和程式,弄不好就是脸谱化、类型化,弄好了,就是戴着镣铐跳舞,跳精彩了就是戏曲的魅力。我很期待二度创作,李梅、李东桥这样的演员,二度创作也很重要。首先我们重视文学性,其次在这个基础上,二度创作也很重要。我们很重视陈彦的三部曲和他的团队对当代现代戏提供的独有的意义和价值。希望以陈彦为代表的陕西戏曲,有更加辉煌的未来。

(作者系中国戏剧家协会分党组书记、驻会副主席)

拳拳赤子心 浓浓地域情

——陈彦戏剧现象浅析

林毓熙

陈彦的"西京三部曲",其浓郁的地域特色,剧本结构的巧思妙笔,富有鲜明时代烙印的人物设置及形象的独特性,戏曲文本中既有西北汉子黄钟大吕似的警言,又有从作家心灵中流淌出的情真性美的抒情唱段,即从剧作家所创造的属于自己的独特形式美的作品中,折射出剧作家的鲜明创作个性,从题材选择、主题孕育到人物形象创造,都闪现着剧作家个性的光辉。

研讨陈彦戏剧现象,我以为还要关注以下两点:一是在戏曲文学大环境恶化的情况下,不少剧院团不留剧作者,有的剧作家"触电"改行。正是在戏曲作者队伍大量流失的形势下,陈彦却不为所动,顽强坚守,数十年笔耕不辍而无怨无悔。二是在思想文化观念嬗变,多元文化并呈的历史环境下,特别是在泛娱乐文化不断泛滥,低俗搞笑节目充斥文化市场的态势下,陈彦坚持独立品格,坚持从生活中发现并开掘题材的现实主义创作原则,没有趋时媚俗,降低或放弃自己的艺术理想和美学追求。对继承和传承秦腔艺术,为发展社会主义主流文化而矢志不移的信念和强烈责任感,使他坚持守望精神家园,表现出对秦腔艺术的高度文化自觉精神。

写戏难,写现代戏更难,但是再难也没难倒这位受西北地域文化影响和熏陶,具有坚韧毅力的西北汉子。《迟开的玫瑰》创作历时十数年,剧中乔雪梅这位大姐为担起抚养弟妹的重担,放弃上名牌大学的机会,在城市的底层艰难生活,将弟妹抚养成才,其崇高的道德指向和大爱至美的人性美,让观众为之动容。但是《迟》剧的成就并不是一帆风顺的。从一开始就与两种不同价值观的争论相伴,即乔雪梅这样的优秀学生,是应该进名牌大学还是当家庭妇女对社会贡献更大,更能体现人的价值?而以交大西迁为题材的《大树西迁》，反映共和国三代知识分子五十年奋进历程，精心塑造了孟冰茜和她的丈夫——科学家苏毅、儿子苏小眠等为代表的知识分子的动人形象。这部戏竟然耗时七年，三次大改。陈彦自称："作为一个创作者，七八年耗着一个剧本，是一件极其痛苦而又难堪的事！"而《西京故事》的创作也非易事，作者在面对现实的纷繁社会中，选择了农民工进城务工这个切入点，将视线聚焦在生活在社会底层的弱势群体层面。从当代生活中发现并提炼富有典型意义的人物形象，确实让作者承受着极大的精神压力和情感煎熬。在几易其稿后，终于将焦点凝聚于罗天福的人生境遇和生存环境，在这位当过民办教师和村干部的农民工身上，挖掘出蕴含在弱势群体中的巨大力量和自强、自立、自尊的人格魅力，并在展示当代社会不同层次不同人物的生存状态和心理素质时，与和谐共生的宏观社会背景进行了道德层面的对接，让弱者的人性光芒和人情美在舞台上尽情发挥。在罗天福这个西北汉子身上，充分体现出中华民族传统道德的深远影响。

陈彦的几部剧作，都具有浓浓的地域情。作为生于斯长于斯的西北籍剧作家，他对西北风土人情的挚爱，像涓涓细流流淌在每一部作品之中,镌刻着鲜明的地域文化印记。任何一种地域文化都有着丰富的精神源流,有着丰富的历史内容,都是人生的出发点。在陈彦的剧作中,既有对西部风光的描绘,更注重对地域文化所具有的深层寓意世界的探寻。《西京故事》中千年老槐树和文庙巷大杂院,以及东方老人形象的设置,都具有西北悠久的历史和古朴民风的象征寓意。但作者的着力点在于对生活在该地区特定历史氛围中人的气质、情感和生活方式,以及思维方式进行深入挖掘和描绘。在罗天福父子身上,在进城农民工身上,在金锁和他父母等不同人物身上,生之意识、生之抗争都被灵动地表现出来。而对《大树西迁》周长安这位教授的刻画更是惟妙惟肖。这位西北汉子的生活特点,如有椅子不坐好蹲着,讲话直率,着装随意,被孟冰茜称为"粗糙"的汉子,却在每个关键时刻出来保护孟教授一家,苏教授被斗时他不顾自身安危将其子女藏在自己家。他对冰茜老来恋情的萌生和递进,这位粗糙的西北汉子竟以冰茜在西安待的每一天计算,最后为冰茜祝寿时送上一万多枝玫瑰花,凸显这位西北汉子含而不露、满怀激情的性格特征和优良品格,突显"这一个"人物的特殊魅力。而《西京故事》贯穿的主题曲:"我大,我爷,我老爷,我老老爷就是这一唱,慷慨激昂,还有点苍凉。不管日子过得顺当还是恓惶,这一股气力从来就没有塌过腔。"由秦腔黑头豪迈激扬的演唱,鲜明地点染出人物所处的地域特色。陈彦剧作中许多民俗俚语的运用和展现人物个性的语言,以及从作家心灵深处流淌出的情真性美的唱段,既表达着叙事层面,又揭示出人物的心理和性格特征,并精心营造戏曲艺术"情与景""意与境"相统一的意境,将生活在西北高原特定历史氛围中人们的生命意识和气质、情感、习俗,灵动地表现出来,让观众领略地域文化的深邃内容和魅力的同时,感受到浓郁的地域特色和鲜明的剧种特点相契合,其审美特质是其他艺术所不可替代的。正如陈彦所言:"我们的事业是植根在民族的沃土上,民族不灭,文化不衰。换句话说,秦人不灭,秦腔不灭!"

陕西戏曲研究院具有创作戏曲现代戏的传统,从《血泪仇》到《梁秋燕》《杏花村》《漂来的媳妇》《好年好月》,直到陈彦的《留下真情》和"西京三部曲",在全国现代戏的创作中留下了自己坚实的足迹,使研究院成为戏曲现代戏研究会最早的八个成员之一。

陈彦作为新一代的剧作家,从开始从事文学到创作戏曲现代戏,作为富有社会责任感的作家,他以文人情感关注当代纷繁巨变的现实社会,把普通百姓包括命运多舛的中国知识分子的生存状态和生命意识纳入自己的艺术视野,在乔雪梅、孟冰茜、苏毅、罗天福等当代人物身上,鲜明地描绘出人物所生活的社会环境以及各自不同的生存状态,既写出形成人物个性的浓重的历史感,又剖析他们灵魂中历史与文化的投影。陈彦的作品直面社会、直面人生、直面人性,涌动着一颗爱国家爱民族爱人民的赤子之心,以其思想火花和精神理念作为支撑,为戏曲现代化和戏曲表现当代人做出大胆而有益的尝试。在他的每部作品中都可以触摸到当代社会的脉搏,生活的真谛、社会的世象、人生的价值和生命的本质都在其剧作中闪现光芒。

面对秦腔艺术深厚的历史文化积淀,如何使传统艺术与当代观众审美情趣的嬗变相适应、相融合,既要保持剧种的鲜明个性,又要适应表现当代人物的需要而吸收、融变甚至改造原有戏曲程式,使传统的行当艺术与现代人物形象巧妙相融,陈彦和他的创作集体经过多年艰苦努力,为戏曲现代戏的发展提供了有益经验。陈彦熟稔并善于在剧本结构上巧妙安排并运用戏曲程式和技巧。戏曲强调"以意为主导,以象为基础",即"追求神似,离形得似,神形兼备的意象化规律","以歌舞演故事",是以其程式化的形式美为主要特征的。所以,对技巧的运用包括念白和诵唱的安排,是从剧作构思时就必须要考虑的问题。《迟开的玫瑰》和《大树西迁》中,剧中主要人物的行当以及伴随着人物年龄增长的跨度,李梅在身段上要有花旦、青衣直到老旦的体形设计。而《西京故事》也为李东桥提供了超越自己的机遇,从《千古一帝》到《西京故事》,我们看到了李东桥在运用行当优势创造现代人物方面取得的成就。李梅、李东桥及其他人物,充满激情和强烈剧种特色的演唱,仍然是他们创造人物的主要艺术手段。有些细节的安排也是很有"机趣"的。例如《大树西迁》中孟冰茜和周长安在几个不同场合相视而笑,不同的时间,不同的心态,二人在笑声间传递彼此的感情。这是戏曲传统程式的"笑"运用到现代戏中的妙笔。这就表明,戏曲文本创作在戏曲艺术生产中仍然占据主导地位。陈彦的这几部现代戏则为戏曲现代审美形态的构建提供了成功范例。它表明,戏曲传统是个动态的概念,它的美学观念和程式化的形式美,都应当以当代审美观念予以新的审视,并经过当代艺术家注入新的创作理念,不断加以完善和超越,使其更趋精美而永葆青春。

研究陈彦戏剧现象,不应该忽视他作为戏剧家主政陕西省戏曲研究院的现实。作为西北唯一集研究改革、创新实验、示范演出、戏曲教育为一体的戏曲研究院,具有悠久的历史和深厚的文化传统,人才济济,不断推出具有影响力的优秀剧目。仅戏剧"梅花奖"得主就有十名,"二度梅"一名,是拥有"梅花奖"获奖演员最多的戏剧团体。陈彦说过一句话:"作为剧院的新生代,我们敬畏它辉煌的历史,更感到推动剧院历史前进这份责任的重大。"这句话言简意赅,可以感受到陈彦接任院长的心情是沉甸甸的,不敢有丝毫懈怠。戏曲研究院几年来在各方面取得很大成绩,我们作为剧院的朋友为之高兴。于细微处见精神,我只想讲两点我感受到的事情:

一是剧院举办演员培训班,至今已经九期。据我了解,即使是在经济困难的条件下,也坚持办学,以培养后备人才。陈彦对培训班倾注了巨大精力,不仅让培训班排演《五女拜寿》等剧目,还亲自动手改编《杨门女将》,作为秦腔小梅花剧团的建团剧目。让我感动的一件事是不少青年演员说:"陈彦院长强迫我们念大专。"他们用"强迫"二字来表示陈彦的决心和胆识,就是一定要让培训班每个学员都取得大专文凭,既让他们成为具有一定文化程度的演员,又要对他们终生负责。这件事让我看到陈彦用人、培养人所具有的战略眼光,也感受到他对青年演员的真诚爱心。

第二件事是关于《杨门女将》改编的版权问题。陈彦执笔改编《杨门女将》,为此派徐光明副院长和老樊同志来北京找我,希望为之引荐《杨》剧作者、中国京剧院老院长吕瑞明同志。我答应为之联系吕院长,同时也告知,全国上百个院团移植改编该剧,真正与之签合同付版税者寥寥。但徐、樊二位告诉我:"陈院长就是认真,没有版权委托,他绝不会往外拿这个戏。""认真"二字表达了陈彦的处事原则。后来,吕院长到西安,很高兴地观看了青春版《杨》剧,并正式签署版权授权。由此事,我看到陈彦做人办事认真的态度,对人对事都坚持履行中华传统道德中的"诚信",即忠诚和信义。"文如其人",作为剧作家,其人生观、价值观和道德理念都会体现在自己的作品中,并形成自己的艺术风格。陈彦戏剧现象在这方面给予我们有益的启示。

(作者系国家京剧院原党委书记)

直面城市里的普通人

——陈彦现代戏剧作漫论

周育德

陈彦正处于年富力强的生命旺季,他的戏曲创作即已进入了收获季节。20世纪末以来,十来年间陈彦创作的《迟开的玫瑰》《大树西迁》《西京故事》等一系列戏曲现代戏剧作先后搬上舞台,引起了巨大的社会轰动,获得了一个又一个荣誉。研究陈彦剧作的成功经验,对于推进戏曲现代戏的创作,繁荣戏曲舞台,是有现实的积极意义的。

综观当代戏曲舞台,无论是原创的还是改编的新作品不能说不多,若以题材而论可谓五花八门,一时间也能营造出一番热闹。有人热衷于塑造伟人,不管是历史上的帝王将相,还是现代革命领袖,从秦始皇到毛泽东,都曾出现在戏曲舞台;有人热衷于表现英雄,从古代到现代,只要是分量足够的人物,在戏曲舞台上都找到了自己的位置;有人出于对乡土的热爱,拼命挖掘本地的历史文化名人,编织故事写成剧本,意图为创造地方 GDP 出力;有人挖空心思表现大宅门里的恩恩怨怨和商界阔佬们的尔虞我诈,钩心斗角;有人避开现实生活中的种种社会矛盾,编造离奇古怪的煽情悬疑的传奇,写个穿现代衣服的间谍神探,或者写个穿古代服装的武侠飞仙……和这些人士不同,陈彦从他试笔写剧以来,就把眼光对准了普通人,直面现实人生,以满腔热情和近乎诗人的笔触,描述普通人的生活,塑造出一个又一个生活在城市里的普通人的感人形象。

平民视角是陈彦剧作取材和立意的显著特点。在陈彦的剧作中,都没有出现过宏大的场景,舞台上出现的是普通老百姓的平常生活,出现的是在这种再平常不过的生活中闪烁着的崇高的人性光辉。因为崇高的道德和美学的光环,不仅可以出现在伟人豪杰的头上,而且也可以体现在与普通人的柴米油盐相联系的行动上。

在《迟开的玫瑰》中,那个最后当上市长的温欣算是唯一一个官儿,这个官儿也自始至终都是主人公乔雪梅的同学，没有彻底离开过那个平民的小院子。《大树西迁》写的是几个大学教授，不要忘记中国的教授们从20世纪50年代以来，经过了历次政治运动的改造，早已不是什么"精神贵族"，他们早都走出书斋，成了普通的劳动者。《西京故事》的主人公更是当代城市中被划进弱势群体的农民工。

陈彦之所以会瞄准这些普通人，是因为他和这些普通人靠得很近。从他们普普通通的生活中，他感悟到生活的哲理，激发了艺术的灵感，产生了创作的冲动。陈彦说："《迟开的玫瑰》是因为我所居住的院落，一个下水道老不通，常常满院漂起污秽物，而使我把目光投注到一个通下水道的师傅身上。他不来，一院子的生活都会因下水道的堵塞而龌龊不堪。他一来，一院子的日子又会因下水道的正常流通而阳光灿烂。我们愿意看到的永远是城市表面的整洁光滑，而不太喜欢看到靓丽背后的瘢痕。尤其是喜欢看塔尖的高高耸立，而不愿正视塔底的艰难。我们理想的生活，是人人都能人尽其才，而其实真正的生活，又是绝大多数人都得无奈地按照生活无常的轨迹前行而不能以理想的标示按图索骥。"于是他写出了许师傅与乔雪梅的故事。提到《大树西迁》的创作时,陈彦说:"那么多大教授接受采访,他们多已两鬓斑白,接受采访时真诚希望西迁史实通过文艺形式昭告于世的心情溢于言表,让人难以忘怀,我觉得自己不能欺骗这些共和国的教育功臣。终于有一天,这些生活搅动着我开始写《大树西迁》。"至于《西京故事》的创作,更是出于陈彦的心理需要。他说:"在西安居住的文艺路地区,每天都有一两千农民工为生计而翘首以盼,这是一个自发的劳务市场……在一些城市人的眼中看来这就是一块咋都清理不掉的'牛皮癣'。我们的现实生活已与农民工群体密不可分,城市的所有褶皱中几乎都有农民工的身影。每每看着这些身影,我就想着他们的故事。在这些农民工中,也有我老家的亲戚,他们也来找我寻求过活计。在与他们闲聊中,我深深震惊于他们生活的苦焦与无奈,也深深感动于他们的韧性与负重精神。我暂时放弃了历史题材的创作,又一次进入现实,开始了长达三年之久的关于农村人进城寻梦的《西京故事》的创作。"

正是这些生活在城市里的寻常百姓貌不惊人的日月,

刺激着艺术家的神经，使他按捺不住创作的激情。为这些身边的平常人群发声，成了陈彦的一种"心理需要"。

高明的艺术家眼光的不同寻常之处，是他善于在寻常的事物中发现不凡的意义，善于在平凡之中发现崇高。高明的艺术家善于在看似平常的材质中注入自己的理想，塑造出高尚的人格、鲜活的感人形象。

陈彦也许并未想给这些普通人树碑立传，因为他们都名不见经传，既不见于历史文献，也不见于新闻报道。但是陈彦发现了蕴藏在这些普通人灵魂深处的宝贵的东西。这些宝贵的东西有的看似属于传统，但也属于当代。剧作家出于对传统的敬畏和对当代现实的关注，把他们带进了剧中。

《迟开的玫瑰》中的乔雪梅，是一位资质很高的女孩子，她已经考取了名牌大学，本来可以顺理成章地接受最好的高等教育，未来的事业在向她招手。但是家庭发生巨大变化，父亲因工伤成为残疾人，母亲又因车祸丧命，三个年幼的弟妹需要抚养。她若只身离开，这个家庭肯定就要分崩离析。19岁的乔雪梅毅然放弃了读大学的机会，勇敢地挑起赡养父亲、供养弟妹的家庭重担，接过了母亲留下的管家的钥匙。一天一天，一年一年，她周旋在柴米油盐菜篮子弹簧秤之间，为一元钱菜金她都会大伤脑筋。难怪她的同学要感叹："岁月把一个美女彻底致残了！"眼见同学们一个个事业有成，她也有过心中的酸楚，有过动摇。她想过"不能再做笼中鸟，我该展翅出窝巢"。昔日的恋人惋惜地说："命运对你真是太残酷了，你本来是可以很好地实现个人价值的。"她听到后异常痛苦："一席话说得我人前低矮，面对着成功者哑口难开。难道说今生真的已交代，怎屈服命运如此安排。定走出家门外——"但是弟弟的哭声又使她停了下来。一种崇高的责任感，使她在人类的道德底线上立定了脚跟。

剧作家借乔雪梅这个小人物，提出了人生价值选择这个十分严肃的问题，而且给出了答案。乔雪梅想的是："人生若是比富有，我拥有你们（弟妹）不含羞；人生若是比竞走，我让出跑道无怨尤。难道说这种活法已陈旧？难道说我与时代已脱钩？如果说新生活排斥拯救，我只敝帚自珍守清幽。功可以没有，名可以没有，利可以没有，宠可以没有；忠厚不能没有，忍让不能止休，善良不能变奏，爱心不能换轴。"她终于把弟弟妹妹送上了人生的正路，使他们各有成就，老父亲也能含笑走完人生旅途。乔雪梅的形象当然含有理想的色彩，但是现实生活中确实有着乔雪梅似的人物存在。乔雪梅的人生价值选择显然带有传统的伦理色彩，但是这种色彩体现的是传统道德的精华。在金钱至上、物欲横流、诚信缺失、道德滑坡的今天，正是应该继承和发扬这种传统伦理的精华。

20世纪50年代上海交通大学的一部分西迁，从而诞生了西安交通大学，这是中国教育史上的一个重大事件。《大树西迁》写的就是这个事件。选择这个题材，描写这个群体是有一定难度的。因为在地方戏的舞台上，此前几乎没有认真出现过现代高级知识分子的形象。恕我寡陋，我还没有见过张口唱秦腔的大学教授。此剧作者却成功地为秦腔艺术而塑造了孟冰茜、周长安、苏毅等一个又一个有血有肉的知识精英。在交大西迁的几十年历程中，中国知识界经历了一系列的政治风雨。剧作者有选择地避开了某些敏感的历史事件，集中围绕上海交大的教授们情愿和不情愿地踏上新的土地之后，是去是留这一问题，描绘中国知识分子的人生选择和坎坎坷坷数十年的心路历程。此剧主人公孟冰茜的性格是相当丰富的。她本来也像一些不情愿离开上海的教授一样，是反对西迁的。由于离不开自己的导师和丈夫，她才勉强来到西安。但是即使人在西安，她的魂依然留在上海。她曾发誓："即使沦落马路畔，灵魂依附上海滩。"她怀着东归的梦想，几次想抓住回上海的机会，但是阴差阳错，"精心设计总修正，起锚难解船缆绳"，不得不改变主意。结果丈夫苏毅把生命留在了西安，儿女也以足够的理由留在了西部。当她暮年终于回到上海时，才发现自己的生命和灵魂已经完全融入了大西北，对故乡上海的生活反而难以适应了，有一种生命悬浮感，靠吃安眠药才能入睡。她觉得精神上已经彻底告别了上海，有时急得想跳黄浦江。于是她想起了丈夫苏毅的豪言壮语："天地做广厦，日月做灯塔。哪里有事业，哪里有爱，哪里就是家。"她终于又回到那历尽坎坷、荣辱相傍、血肉依恋、桃李芬芳的第二故乡。其实孟冰茜和她的同伴一样，为西部奉献了一辈子，即使不回去，仍然是西迁功臣，一代报国英雄。剧作者对中国知识分子的性格、命运和精神世界，是有比较深刻而正确的认识的。

《西京故事》的主角罗天福和千千万万拥入城市的农民工一样，属于城市的边缘人，属于当今社会的弱势群体。罗天福带着妻子儿女进京寻梦，凭自己的手艺，以自己的诚实劳动做千层饼，供养一双智力优秀的儿女攻读名牌大学，想以此来改变命运。他满怀希望，充满自豪。但是西京的市侩给他的是人格的歧视、尊严的践踏，无情的现实使他陷入窘境，连儿子也要离他而去。这个坚强的汉子乐观自信，坚守道德底线，忍辱负重，坚忍不拔，梦想终于实现。罗天福是最终的成功者，但是他的成功之路如此艰难。正是这种艰难，使人们看到蕴藏在普通劳动者身上的韧性的力量和生命价值。

正是因为剧作家善于开掘城市里普通人的精神世界，发掘和表现他们精神世界的亮点，而且表现得如此生动，如此深刻，才使当代观众为乔雪梅、孟冰茜和罗天福等人所感动。

陈彦在几部成功的现代戏剧作中安排人物时，似乎逐渐建立了自己的模式，形成了自己的特点。比如说，在塑造乔雪梅、孟冰茜、罗天福等高尚的人格的时候，都在他们的周围安排了足以作为陪衬支撑他们的人物。乔雪梅身边有一个关怀她、支持她、暗恋着她的忠诚粉丝许师傅。孟冰茜身边有一个优秀的导师和丈夫苏毅，还有一个有艺术天分、有人格魅力的无私的朋友周长安。给罗天福精神最大支持的，则是那个好女儿罗甲秀。这些人物不仅仅是陪衬，这些人物也写得有血有肉，他们的行动和他们的精神，与主人公的精神光芒相得益彰。当然，为了形成一种对比，几部戏里也少不了属于丑角和介于丑角与花旦之间的人物。乔雪梅的小院里，时不时地会出现那个发散着臭蒜薹味和臭鱼烂虾味的同学小花。孟冰茜家里有时会出现那个喜欢折腾，进过银行，干过民航，管过党务，当过处长，又改行当作家的老同学尹美兰。使罗天福伤脑筋的，不仅有那个市侩房东夫妇和他们的儿子西门金锁，还有自己那个受不了尊严被嘲弄而背弃他的意愿的儿子罗甲成。正是这一系列人物的反向对照，才使得核心人物的生活更加丰富多彩，才使得他们精神的光芒更加耀眼。

可以说，在陈彦写剧本时，他是把生旦净丑各个行当的人物都考虑了，而且安排得各得其所。

陈彦的剧作中还各有一个饶有趣味的人物，他们体现着作者心目中的哲理思考和历史思考。他们和核心人物息息相关，他们代替作者对剧情故事和人物的戏剧行为做公正的评价。《迟开的玫瑰》里修下水道的许师傅，每一次"哎呀！堵得实实的了！"感叹的都是主人公乔雪梅遇到的生活困境和精神困境。只有到最后他不再喊这一句，下水道彻底改造完了，乔雪梅才获得了真正的解放。《大树西迁》里那个卖鸡蛋的杏花，每一次出场都在交代中国历史又进入一个新的阶段。《西京故事》里的老人东方雨，则是联系着历史与现实的传统文化的精神代表。每一部戏里都有这样一种人物，至少是陈彦剧作的一个特点。这个特点在某种角度上说是具有品牌意义的。

观看陈彦的几部剧作，我们感到他还在表达一种特殊的感情，那就是对传统的敬畏，包括对传统伦理的尊崇和对历史文化的敬畏。在《迟开的玫瑰》里，我们看到乔雪梅和许师傅为保护那座古老民居小院不被拆迁，是如何费尽心力，这使我们想起数年前西安市民对高家大院的保卫战。《西京故事》里东方雨老人对那株唐槐的珍爱呵护，罗天福誓死不肯出卖老家那两棵古紫薇，都体现了当代普通老百姓对历史传统留给我们的宝贵遗产的深厚感情。这种文化的自觉可能是生活在古城西安的剧作家特有的历史责任感的艺术化的表达。

我们没有理由要求剧作家在短短的两个小时里，全面深刻地回答我们对诸多重大社会矛盾的问话。只要是观众在观剧的过程中，能有某些有价值的思考就很不简单了。这些人物出现在陈彦剧作里的城市街巷，没有呼喊动人的口号，也没有发表宏伟的理想，但是在他们身边眼前的普通生活中，展现出高尚的人格。这足以使观众感到亲切，在受感动的过程中，精神世界得以提升。

作为陈彦剧作成功的经验之一，不可忽视的是陈彦对戏曲剧作文学性的追求。所谓文学性，我认为主要是对"文学是人学"这一本质命题的体现，同时还有对"文学是语言艺术"这一目标的追求。

中国戏曲之载入文学史，始自元人杂剧。王国维称赞元人杂剧是"真文学"。其后，由于一些正统文人插手戏曲的创作，明清传奇便渐渐失去自然之趣，剧本变得脱离大众，有的成为"藏书柜子"，离文学精神渐远，只有少数佳作可以继续留在文学史里。清代地方戏兴盛以后，戏曲艺术又发生了巨大的变化，变成了以表演为核心的戏剧，文学退居次要地位。以梆子和二黄为代表的地方戏产生了大量的好剧目，但是就文学性而论鲜有能入文学史者。近年来，作为中国革命先驱的一批文化人重视戏曲的社会教育功能，着手新戏的创作，又开始注意戏曲的文学性。陕西易俗社范紫东、孙仁玉等诸位代表性剧作家的作品，文学性大为提升，在全国的剧种中居于领先地位。后来，从陕北民众剧团到陕西戏曲研究的剧作家们，也一直是重视戏曲作品的文学性的。

谈论陈彦剧作的文学性，就戏剧人物精神世界的丰富而言，在当代现代戏剧作的"人学"探索中，已经取得重大的收获。我还想说两个方面：一是他对戏曲"剧诗"品格的坚持，一是他对戏剧语言的提炼。

好的戏曲作品不仅是优秀的表演艺术，而且应该是剧诗。这是戏曲区别于话剧等其他戏剧品种的重要标志。陈彦写剧本，相当重视诗的特性的发挥。诗是激情的首犯。我们在陈彦的几部剧作中，都能体味到一种诗人般的激情。

陈彦在每一部剧作里，几乎都要安排一种富有诗意的植物。《迟开的玫瑰》里那反复出现的玫瑰，《大树西迁》里那一盆橘树盆景，《西京故事》里那一株唐槐，都是有深刻寓意的。作者为这些富有诗意的事物抒发着激情，写出来的无论是散文念白还是韵文唱词，都是诗。

更重要的是剧中人在感情无法以平常言语表达时，"长言之不足，则咏歌之"，自然地转化为唱腔，唱出来的歌词，不论是齐言体还是长短句，都是诗。且看《迟开的玫瑰》快要终场时，乔雪梅和从各地赶来参加她的婚礼的姐弟见面那个场景。由于十多年的艰辛操劳，36岁的乔雪梅头上已经出现了白发。

姐弟仨　大姐——（紧紧抱住乔雪梅哭泣）

芳　芳　（唱）　眼望大姐泪如雨下，

婷　婷　（唱）　万语千言不能表达。

豆　豆　（唱）　一头青丝闪烁白发，

姐弟仨　（合唱）三十六春吐尽芳华。

芳　芳　（唱）　轻轻拔下一根白发，

　　　　　　　　曾经黝黑飘柔光滑。

　　　　　　　　　一把雨伞给我打，

　　　　　　　　　风雪地里站着她。

婷　婷　（唱）　轻轻拔下一根白发，

　　　　　　　　　光亮似雪耀红脸颊。

　　　　　　　　　一张船票让我搭，

　　　　　　　　　岸上招手留着她。

豆　豆　（唱）　轻轻拔下一根白发，

　　　　　　　　　十指颤抖心乱如麻。

　　　　　　　　　一匹骏马让我跨，

　　　　　　　　　泥潭深处陷着她。

姐弟仨（重唱）拔不尽的白发代价，

　　　　　　　　　补不上的青丝朝霞。

　　　　　　　　　扳不回的人生道岔，

　　　　　　　　　亏不尽的如梦年华。

　　　　（白）　大姐！（紧紧依偎在乔雪梅身边）

乔雪梅（唱）　弟妹们莫要淌热泪，

　　　　　　　　　大姐的人生并不亏。

　　　　　　　　　一不亏家遭不幸未崩溃，

　　　　　　　　　二不亏手足未散情未摧。

三不亏二妹成功弄潮水，

四不亏三妹读完博士回。

五不亏四弟英才文武备，

六不亏老父寿终含笑归。

七不亏自修毕业未荒废，

八不亏办成公寓济困危。

九不亏遇见知音爱相随，

许师傅冰心堪与月映辉。

……

……

我相信剧作者是含着热泪写完这些唱词的。满场观众和剧中人物一同激动，含着泪听完这骨肉同胞的心声。这就是剧诗的神奇力量。

好的诗歌除了有激情，还得有精彩传神的语言。陈彦写念白，写唱词，都很注意语言的提炼。众所周知，戏剧的语言必须符合人物的身份、口吻和性格；作为地方戏的舞台语言，还必须体现地方语言的特色；作为戏曲剧作，不同行当的人物口中吐出的话语，也必须体现行当的特色。在这些方面,陈彦的剧作取得了相当大的成就。

平心而论,天下语言最缺少生动性的,就属知识分子说的话了。弄不好,就会是一口干巴巴的学生腔。可是,你看陈彦笔下孟冰茜接受了一个关中穷小子秦川麦对女儿的爱时,所唱的那一段唱词:

> 孩子!
> 别把妈妈的心灵揉碎,
> 疼你是妈妈恒定的星辉。
> 想你们所想是妈妈的梦寐,
> 爱你们所爱是妈妈的情归。
> 既然情丝已织成经纬,
> 妈妈添彩绣上红梅。
> 我也被这块厚土渐渐迷醉,
> 犹对那生死真情常怀惊雷。
> 跟川麦日子艰苦妈妈补缀,
> 再攀登前路艰辛妈妈助推。
> 望你们事业有成含英咀翠,
> 祝福你们恩爱有加比翼齐飞。

这段唱词的写作恐怕是很用心的。这是只有理工科的教授才能唱出的心声,文气和洋气十足,不同于秦腔常用的十字句结构,却都是经过炼字炼句,才形成的个性化的语言。

如果说正旦饰演的教授孟冰茜唱出来的是知识分子化的普通话,那么出现在舞台上的丑角和花旦的语言可就是绝妙的陕西关中方言了。昆曲和京剧的丑角花旦往往是以俏皮的苏州话(苏白)、扬州话(扬白)和北京话(京片子)取胜。秦腔舞台上如果缺少了关中方言,那也会大为逊色。《迟开的玫瑰》中宫小花的台词,《大树西迁》中杏花的台词,《西京故事》中西门锁和阳乔的台词,都是地道的关中话,而且是经过筛选与提炼的市井方言。观众观剧时沉浸在沉重的语境中,听到他们那种充满幽默的话语,感情立刻松弛,难以忍住笑声。这就是戏谚所云"要想甜,加把盐"的道理。关键是这一点儿盐要加得恰到好处。

陈彦熟悉城市里的这些小人物的生活,熟悉他们的情感和语言,写出来的这些人物才会栩栩如生。陈彦的戏曲创作正在兴旺时期。听他说《大树西迁》之后准备转入历史题材创作。我相信陈彦写历史题材也一定会出好作品。但是,我更希望他继续创作现代戏,因为当今中国的戏曲舞台上下缺少直面现实人生的好戏。陈彦的精力大得太太,不会让我们失望的。

(作者系中国戏曲学院原院长、教授)

唏嘘暗泣里的情感之潮

——感动《迟开的玫瑰》

陈忠实

眉户剧《迟开的玫瑰》,我先后看过三回,似乎仍不满足,又找来剧本从从容容品读了一番。我确实喜欢关中地方戏曲,秦腔不用说了,也喜欢眉户,还有多以民间艺人演出的蒲城线胡儿和华阴老腔等。能够诱发人再三再四观赏这些关中地方戏曲的剧目,多是历久不衰堪称经典的传统古装戏。而以丝毫无隔的当代现实生活为题材创作的《迟开的玫瑰》,能让人反复观赏,可见其独具的超凡魅力。

我至今依然记得《迟开的玫瑰》演出时剧场里那种感

人的氛围，不时爆响的掌声且不说了，潜伏在每一次掌声落下之后的屏息静气里的唏嘘暗泣的声音，形成一波又一波涌动着的情感之潮，与舞台上的剧中人交融和呼应。尽管我看了三回，但每一次都是很自然地沉浸其中，每一次也都抑制不住热泪涌流，根本无法保持观赏者的纯粹娱乐或事不关己的理性状态。在我看来，《迟开的玫瑰》不属于戏剧分类概念里的悲剧，没有奸邪势力制造的冤狱命案，也没有妻离子散这些作为悲剧的惯常内容，却如何酿造出这样举座观者泪飞如雨的感情场面？是一种崇高的人格，一种以善良为本核的道义。这种崇高的人格是真实的，善良是朴素无华的。从生活升华的艺术真实，就有了浸润以至震撼观众心灵里最富于共性的那根弦儿的力量。在乔雪梅这个大善至美的灵魂面前，我和同场数以千计的从事各类社会职业的观众，都在不知不觉中完成了一次灵魂的自我检测，尚能保持那根道德神经的敏锐和软弱，尚未被某些时髦话语鼓噪怂恿而膨胀起来的极端欲望所麻木或硬化。

这个闪耀着崇高和纯美的道德之光的乔雪梅，她的生活环境和生存形态，和当下乡村或城市的无以数计的普通中国人毫无二致;她的理想追求、人生愿望和同时代的这一茬青年男女也完全相通;她的家庭遭遇的车祸和病灾,也称不上离奇,随便一个平民家庭都可能发生这种类似的灾难,或者因为自然的、环境的以及非本人因素导致的家庭困境。正是在这种具有普遍性意义的人生路途上,乔雪梅面对困境时逐渐显示出来的人性之大美,所显示的广泛的感召力就很自然地产生了,观众抑制不住地暗泣和唏嘘,是感同身受的情感交流和心灵的呼应。她在家庭困境里的人生选择,是放弃已经铺展到脚下的红地毯,承担起照顾瘫痪父亲和幼年弟妹的生活重担,支撑起一个面临破碎的家庭,真让我想到甘愿自己下地狱,而放兄弟姊妹到灿烂光明世界去的那个襟怀宽广的英雄。然而,乔雪梅面对的不是重大历史事变里的义无反顾的人格和道义的坚守,也不是官场商场里的正义和投机的较量,她面对的是父亲的轮椅,是需要扶携的弟妹们的温饱和求知渴望,她每天忙于米面油盐青菜的掐算,更有同代人诱人的光圈和庸俗不堪的时髦时尚的刺激灼伤。她不仅让绝望的父亲享受到生的温馨和欢乐,更重要的是让弟妹们一个个走出困境抵达各自人生成功的第一个驿站,为社会奉献自己的智慧和创造。她与那些肩扛灾难之门成就众生的英雄,在精神人格上是相通的,因为她是一个不起眼的普通市民,除了获得人们像对英雄的那种尊敬之外,更多了无隔的亲近和亲和。

《迟开的玫瑰》里的乔雪梅之所以引发剧场里那种罕见的效果,与时风不无关系。思想开放和经济繁荣的现实生活里,"人不为己,天诛地灭"的腐朽哲理,以各种迷人的色彩或新潮的话语被重新包装;不择手段的丑事丑闻常常令人惊骇不迭。乔雪梅在这样的时风里走向我们,对人们普遍的关于正直善良崇高的渴求欲望,是一种心理填补和满足,是一种高尚的人格示范,是关于人生价值估量过程的鉴示。

乔雪梅的精神取向和道德内涵,是我们民族传统的美德,我们民族自有文字以来就推崇着这种美德。然而,又不局限于传统,更不仅仅局限于我们这个民族。就我有限的阅读感受,乔雪梅的精神人格和道德规范,是所有民族都推崇着的,而且通过社会教育和家庭训导代代传承下来,差异仅仅在于教育方式和生活习俗的不同,任谁恐怕都难列举出一个崇尚邪恶的民族来。乔雪梅的人格和品德,是各个民族共通的一种不需语言沟通的东西。人类各个种族正是在这一共同点上找到契合之处的,超越宗教超越社会制度也超越人种差异习俗差异。如果总是局限在中国的传统和现代的习惯上讨论乔雪梅,无可避免会陷入落后和趋时的浅薄。

我看过陈彦三部戏,都是以当代生活为题材,多以城市里的普通人的种种心态为解剖对象,都有直抵观众灵魂的冲击力量。他不回避生活矛盾,倒是在司空见惯乃至市井议论的平凡的生活事项里,常常有惊人的发现和深刻的开掘,既显示出一个剧作家思想的勇气和力度,又显现出舞台艺术的个性鲜明的才华。无论剧坛或者文坛,不少见某些标新立异乃至荒诞的形式,作为新的探索不仅无可厚非,还应鼓励,问题在于除了带有模仿痕迹的形式之外,恰恰缺失了对生活的独立发现,甚至不惜瞎编臆造怪诞丑陋的情节细节,以掩饰思想的浅薄和苍白。陈彦的创作指向和追求,令我钦敬,尤其是这样年轻的一位艺术家。

(作者系中国作家协会原副主席,著名作家)

传统美德的当代弘扬

——谈眉户剧《迟开的玫瑰》中的乔雪梅

薛若琳

20世纪80年代初,古城西安的一个普通家庭,父亲因工致残,长年坐轮椅,生活不能自理;母亲又刚刚因车祸丧生。残酷的生活现实,使四个年幼的子女不得不面对突来的打击。陕西省戏曲研究院自1998年编创眉户剧《迟开的玫瑰》(编剧陈彦、导演谢平安、主演李梅)至今,一直上演这出感人肺腑、动人心弦的优秀现代戏。该剧演绎了一段悲欢哀乐的故事,歌颂了中华民族传统美德在新的历史时期的发扬光大。

大姐乔雪梅当时19岁,高中毕业后接到名牌大学的录取通知书。但是,面对家庭变故她毅然放弃大学梦,拿起母亲留下的一串钥匙,扎起围裙,挑起家庭的重担,照顾年迈的父亲和两个妹妹一个弟弟。无情的岁月侵蚀着雪梅的风华,她额头的皱褶增多,眼角的鱼尾纹也渐长;她的衣着并不入时,甚至被人讥为土气;她的嘴里说着黄瓜茄子的价钱,心里盘算着一家人的生计。她似乎没有雄心壮志,整天围着锅台转,家中连个冰箱都没有。乔雪梅已经彻底地变为升斗小民,蜗居在一条小街巷的小院落里。命运就是这样地捉弄人、摧残人、磨炼人。但是,摧不垮的是乔雪梅的坚强意志和善良心地。

四年后二妹芳芳已经长大成人,本来可以接替姐姐操持家务,但温州的小裁缝爱上了芳芳并要与其结婚,并决定到外面闯一闯事业,雪梅感性不甘而理性又情愿地放走了芳芳。后来,三妹婷婷也长大了,她不是雪梅父母亲生而是养女,婷婷也认为自己应该回报乔家的养育之恩,把雪梅解放出来,但婷婷考上了北京大学,雪梅不计婷婷与她有无血缘关系,含笑送她念书,雪梅说,"要苦就苦我一个",自己仍然挑起家庭生活的担子。四弟豆豆失恋,要杀死情敌,并扬言"此仇不报,誓不为人"!雪梅苦劝豆豆并鼓励弟弟参军。妹妹和弟弟一个一个地走了,家中只剩下老父亲,寂寞、孤独和无奈像一阵寒风吹袭着她的心头。此时,雪梅已年近三十。这期间,她的姨妈给她介绍了好几个对象,不是对方条件太差(看大门的,文化太低),就是二婚,或是男方把她的父亲视为包袱,由于种种原因,雪梅的婚姻拖了下来。随着雪梅年龄的增长,姨妈每年送给她的生日蛋糕越来越大,可是雪梅的婚事却越来越渺茫。直到36岁,才与下水道工人许师傅结成连理,谱写了一曲玫瑰迟开的颂歌。

雪梅在三十多年里,是碌碌无为,还是创造了奇迹?我们来看看她的两个妹妹和一个弟弟的成长经历:二妹芳芳在海南办起了服装厂,生产芳芳牌衬衣,生意很兴旺;三妹婷婷北大毕业后又留学英伦,学业有成回归报效祖国;四弟豆豆在部队大熔炉里锻炼成长,成为年轻的军官。他们姐弟三人对大姐雪梅的评价是,"我们是你的春种,我们是你的秋收""我们是你的专著""我们是你的成就"。正是由于雪梅的牺牲精神和奉献精神,才提供给妹妹弟弟们创业机会和发展前途,使他们为社会创造财富。面对成材的妹妹弟弟,雪梅感到很"富有",雪梅在新时代继承和发扬了中华民族的传统美德,换来了家庭的和美。就其本质,是构建和谐社会的需要。在中国古代,如果一个家族遇到不幸,大姐常常做出牺牲,勇敢地挑起家庭的担子。这些妇女既是长姐,又是母亲,她们用自己的牺牲,赢得了家庭的太平。在当代,家庭仍然是社会的基层单位,一个家庭安定了,社会才能安定。雪梅的同班同学说,如果她当时不顾残破的家庭硬要上大学,一走了之,那么,这个家庭就会发生逆转,弟弟可能成为杀人犯,两个妹妹也许会沉沦。因为有大姐雪梅的苦撑苦熬,既抚慰了老父的心灵,又像慈母般地关爱妹妹弟弟("大姐是咱的妈妈"),才使这个家庭从当年的无望中复苏,并且中兴,成为古城的骄傲。

乔雪梅的"活法"究竟是太"陈旧",还是实现了自己的人生价值?雪梅的很多同班同学都颇有成就,有的是官员,名声显赫,有的是教授,学术地位很高,雪梅与他们比较,心潮起伏不平。雪梅的同学、后来当了市长的温欣说:"支撑这个社会大厦不仅需要市长、教授、作家、企业家、银行家,更需要千千万万承担各种社会义务和责任的普通人。"温欣无限感慨地说:"整整十六年才读懂一个人,真是太残酷了!"这既不是雪梅的残酷,也不是市长的残酷,而是当今物欲横流使某些人的思想道德变得残酷了。面对"残酷",雪梅初衷不改,她坚持为妹妹弟弟让出"车道",自己甘当"路碑",她说"谁让我是老大呀""当大姐该有大胸怀"。这是雪梅的人生追求,也是她的价值取向。经过多年的奋斗和拼搏,雪梅华发早生,但她精神充实。雪梅靠毅力读完了成人大学,又和社区众姐妹办起老年公寓,解决人口老龄化问题和空巢老人问题,帮助政府完善社会扶困管理。雪梅的"活法"是有意义的,是为社会做出了贡献的。最后,雪梅与暗恋她十多年,也读完成人大学并对下水道进行改造为国家节约大量资金的许师傅终成眷属。

眉户剧《迟开的玫瑰》通过乔雪梅的形象提出了两个重大而严肃的社会问题。第一,乔雪梅坚持的传统美德在当今是否落后了,是否没用了,甚至因与时代脱钩被抛弃了?对此,首先要认清传统美德的内核是什么。我们认为,牺牲精神和奉献精神是它的重要组成部分。今天,传统美德仍然是社会主义道德的主要支柱和精神依据。现在,不是传统美德让位的问题,也不是传统美德与时代脱钩的问题,而是今天丢掉的太多了。我们应当唤起全民族的集体记忆,关注和重视传统美德,并在新时期继续弘扬。第二,什么是个人价值,怎样实现个人价值?以科学的发展观来看,党和人民并不反对实现个人价值,而是帮助有识之士实现个人价值。但是,作为社会成员,要把个人价值与国家的需要联系起来,这样的价值才是有用的价值,真正的价值。那种不择手段实现的个人价值,只能是卑劣的所谓"价值"。乔雪梅认为:"功可以没有,名可以没有,利可以没有,宠可以没有,忠厚不能没有,忍让不能止休,善良不能变奏,爱心不能换轴。"这就是乔雪梅的价值观,是奋进的时代需要的价值观。许师傅说:"在今天这个普遍追求个人价值的时代里,你其实才是最大的明星,值得崇拜。"这涉及全社会对乔雪梅的价值观的判断和认同的问题。我们认为,乔雪梅追求的个人价值和实现的人生价值,是国家需要的价值,是崇高的价值。

新时期以来,文艺界冒出一些怪论,有人主张文艺创作要"回避革命,远离崇高"。眉户剧《迟开的玫瑰》用丰满感人的艺术形象,有力地驳斥了某些人的错误观点。这出戏向当代观众尤其是青年观众提出了中华民族传统美德今天不但不能抛弃,还应当进一步弘扬的时代课题。当前提倡实现个人价值,但个人价值不是孤立的价值,一定要与国家和人民的需要紧密地结合在一起,才能成为科学的有意义的社会价值。

(作者系中国戏曲学会原会长,中国艺术研究院原副院长)

阳春白日风花香

——观摩《迟开的玫瑰》有感

欧阳逸冰

萧伯纳说:"永远记住这一点:世上最不平凡的美是家里的美。"

然而,在中国文学殿堂里,给我们深刻印象的"家"却是毁掉许多美好女子青春的荣宁两府的贾家,令人压抑难耐的高老太爷的家,阴森郁闷犹如枯井的周朴园的家……美在哪里?那只能是磐石下面顽强萌发的小花被扼杀的凄美……

后来,在陶承的《我的一家》里,我们看到了悲壮的美。

再后来,在电视情景剧《我爱我家》里,我们看到了和谐的美。

细细想来,的确,"家"里闪现着"最不平凡的美"。

不同的时代,不同的社会环境决定着不同的"家"里"最不平凡的美"的内容和样式。而不同的"家"里所显示出来的不同的"美"又组合了不同时代、不同社会环境的本质特征。

所以,"家庭是社会的核心"(易卜生语)。

在"时髦""时尚"之风东西南北中地"酷炫"之时,出了一部让人不能不静下心来驻足聆听,又不能不心潮陡起思绪难平的戏曲作品《迟开的玫瑰》……哦,这又是一个"家"。

眉户戏?从来没看过——稍有一点孤陋寡闻之惭……

演出进行时——先是剧中被揶揄的对象宫小花的台词说出了自己的感受:乔雪梅考上了北京的名牌大学,却又放弃,傻瓜,天下大傻瓜!继而,看到乔雪梅为了操持贫困的家丢了恋人,为了大妹远行,为了二妹(非血缘妹妹)上学,为了诱导弟弟走出浮躁,她一次次丧失了读书、嫁人……这些最基本、最应该的"人权",我不能不嘲弄地想到背负十字架的耶稣……

然而,是的,然而,当乔雪梅面对同学们的成就而深深自惭时,弟弟妹妹们的唱词沉重地"打击"了我:"大姐莫含羞,人前昂起头。我们是你的专著,我们是你的风流!"更让我浮想联翩的是,弟弟妹妹们簇拥着即将当新娘的乔雪梅,为这位36岁的姐姐拔下"早生华发"的三段抒情唱段:

"轻轻拔下一根白发,曾经黝黑飘柔光滑。一把雨伞给我打,风雪地里站着她……"

"轻轻拔下一根白发,光亮似雪耀红脸颊。一张船票让我搭,岸上招手留着她……"

"轻轻拔下一根白发,十指颤抖心乱如麻。一匹骏马让我跨,泥潭深处陷着她……"

我想到了我的母亲,她不就是这样吗?在多年的穷困潦倒的家里,忍饥挨饿,但却坚定不移地支持她的子女读书上进……刚刚走出赤贫,她却撒手而去……

我想起了犹太人的那句令人震撼的谚语:"上帝无法分身抵达每个人身边,所以创造了母亲。"

这时,台后的伴唱响起:"大姐是咱家的老大,大姐是咱的妈妈……"

乔雪梅不就是把自己无私奉献给亲人的"母亲"吗？你为什么不相信她的真实存在？回头看看你的母亲！千万个家庭都可能出现意外或困难，每逢这个时候，你的亲人中间总会有人挺身而出，扛起苦难的落石，让全家度过危急时刻……她(或他)不就是"上帝"的使者吗？这样像"上帝"一样的好人不正在你身边吗？这不正是你家里"最不平凡"的美吗？

走出剧场，我考问自己：起初浮现的疑问，从何而来？

是的，在我们每个人的内心，都不可能不留有社会思潮变动的轨迹……作为对禁锢主义的反叛，人们理所当然地提出个人利益的正当性，追求个性的彰显，个人价值的体现。这是"天赋人权"。然而，社会是由无数个个体组成的，谁都离不开社会，更离不开作为"社会核心"的"家庭"。尤其是我们中国，先圣教导"国之本在家""家齐而后国治"。爱国，从爱自己的家(包括家乡)开始，爱人民，从爱自己的亲人开始。你无法期待一个连自己的家和家乡，连自己的亲人都不爱的人会去爱国爱民。"他人是地狱？"抑或"他人是天堂？"这就触及了当代伦理道德建设的本质:人对家,对亲人,对人民,对国家的责任。乔雪梅从自己的少年时期、青年时期、直至中年的曲折经历,辨识了这个核心问题。她先是他人(弟弟妹妹们)的"天堂",而后,他人(弟弟妹妹及热爱她的人)又成了她的"天堂"。

《迟开的玫瑰》讲述了一个发生在普通家庭的生动曲折的故事,而这个故事又以鲜明的时代特色展现了"最不平凡的美"。我们不难发现,全剧前后发生的事件,是我国新时期以来的社会剪影——大学热,开辟特区,商品经济的发展,留学潮,建设中西部,城市改造,社会保障体系的开创,保护传统文化……正是在这种巨大的社会变革背景下,才彰显了这个家庭里的"美"是"最不平凡"的:传统美德被注入了新鲜的时代内容。

乔雪梅这个艺术形象的出现,预示着当代中国人的民族品格建设必定会迎来——

阳春白日风花香!

尽管这很艰难,但只要我们向前走……

(作者系国家一级编剧,中国儿童艺术剧院原院长)

并未迟开的玫瑰

刘厚生

位列2005—2006年国家舞台艺术精品工程十大精品剧目之首的陕西省戏曲研究院创作演出的眉户剧《迟开的玫瑰》(作者陈彦),写一个女青年乔雪梅为了培养弟妹、赡养老父,放弃了上大学,丢掉了自己婚姻的故事。这部戏本身就是一朵鲜艳的玫瑰。它的出现适应了时代的需求。正是应该有这样一部戏的时候它应运而生,所以说它并未迟开。

在一定意义上,《迟开的玫瑰》是一部社会问题剧,相当深刻的社会问题剧。

每个人生活在家庭中,在社会上,都必然要承担一定的责任,每个人(尤其是青年人)在生活中又必定有自己的理想。在某种情况下,责任与理想是同一的。比如乔雪梅在母亲未遭遇车祸时,她的理想和责任都是做一个好大学生;但在另一种情况下,两者又会成为尖锐的矛盾:她要尽到养家的责任,就必须放弃自己的理想——很可能就是放弃自己原本可以有的光明前途。《迟开的玫瑰》抓住当前社会中这个常见的问题,深入开掘,寻找答案。作者没有把乔雪梅写成高大全式的英雄,她刚一听说去不成大学时是不愿意的,她不得不同意留在家中时是极为勉强的。她最初习惯于烦琐的家务时的心情只是一种无可奈何的认命,是持有"无人入地狱,我只得入地狱"的消极心态的。随着她的一步步成长,终于由被动转为主动:把对家庭的责任提升为自己的理想,理想又提升了责任的内涵,因而所谓尽责就不仅是维持父亲和弟妹们的生活,更扩展到在这种境遇中如何同时提高自己,把如何为亲属服务进一步提升到为邻里社区服务。作者对乔雪梅的生活环境和内心情感的刻画是真实的。她从19岁到36岁的性格历程是可信的。《迟开的玫瑰》能够有巨大的撼动人心的力量,在于乔雪梅这个生动的形象跟当代人在生活和心灵上有多方面的相通之处,当代青年会从乔雪梅身上找到相当深切的共鸣。对于现今的在学青年或社会青年,乔雪梅都是可以被理解,可以亲近,可以信任,也可以学习的。作者热情地塑造了一个崇高的形象,但绝不是高不可攀、悬在空中的形象。

作为社会问题,《迟开的玫瑰》还提出了一个对上大学读书应当如何看待的问题。乔雪梅最大的痛苦是失去了去北京上大学的机会,她的同学各有成就都是由于受了高等教育,她培育弟妹的目的也都是想让他们上大学并学有所成。整个戏似乎显示了"唯有读书高"的趋势。这一点需要具体分析。我们当前青年读书的形势有如金字塔,小学生多,是塔基,大学生是人数很少的塔尖。为了国家的发展,必须有更多的人去读大学,但若干年内是办不到的。现在每一个大学生的背后必有多个上不了大学的青年。我们不能为了安慰大学门外的青年就说上大学不重要。然而我们也不能认为唯有上大学才能读书,才能"高"。我以为《迟开的玫瑰》比较准确地解答了这个难题。作者设置的下水道工人许师傅戏不多,但十分重要。他跟乔雪梅一样,一边从事最平凡的工作,一边利用业余时间用功读书,终于铁杵磨成针。他们的奋斗历程会给大量失学青年以启发。可贵的是这样的情节并非作者从概念出发说空话说大话,而是概括了当前社会生活中常见的事实然后用到了戏中(例如许多城市中都有的工人出身的工程师、技术员、专家)。作者心善,不仅写出了生活真实,还由此促成了乔雪梅的美满姻缘,当然会使观众感动,为他们祝福。

《迟开的玫瑰》的舞台二度创作相当完整。导演谢平安和徐小强统率全局,追求一种清明简洁的艺术风格,营造了一种亲切温馨的氛围。他们不要求大起大落的锤打,不刻意于浓墨重彩的描绘,他们只是按照生活的本来面目,娓娓道来,自然而流畅。这也是这部戏的动人之处。

最突出的自然是以李梅为首的演员们。李梅饰演乔雪梅,难度不小。她要演出从19岁到36岁之间的差距,其实比演从青年到老年更难。从青到老,可以有较大的形象对比,而从19岁到36岁,是从小青年到大青年,要有区别又不能太大。李梅似乎并不特别着力于外形的跳跃,她下功夫显示的是精神上一步步的成熟,也就是在社会生活磨炼下青年气概渐渐被磨平,近于中年的冷静渐渐增加。

李梅在后半场戏中精光内敛,感情丰富却不外露,不外露却又不能不露;外露太多就不是成熟的乔雪梅,而不外露又不能使观众理解,也不符合热爱家庭关心弟妹的乔雪梅性格。李梅在分寸上把握得恰到好处,演得妥帖、准确、光彩照人,令人难忘。饰演许师傅的李小锋,饰演姨妈的李娟,饰演温欣的郝卫等都有较高的表演水平,塑造了既各有风采,又融汇一体的舞台艺术形象。在我印象中,追求艺术完整美不仅是《迟》剧的艺术特点,而且是陕西戏曲研究院的优良传统。

我对戏曲音乐完全不懂,但也想说几句外行话。《迟开的玫瑰》是眉户戏,而演出此剧的青年剧团是秦腔、眉户和碗碗腔三种腔调全能演唱的剧团。这对于姊妹剧种音乐交流是大有好处的。我读了《迟》剧的作曲王激和谭建春两位同志写的《红玫瑰的咏叹——〈迟开的玫瑰〉音乐创作浅谈》一文,其中说:"把板腔体的秦腔同曲牌体的眉户两个剧种音乐的优长加以共同发挥,即两大戏曲曲体的互补,是《迟》剧音乐创作中比较成功的举措,也是我们多年的一种音乐创作追求。它既浸透着眉户音乐优雅、委婉、细腻的本质属性,又容纳着秦腔音乐高亢、激越、大气的剧种特色。二者取长补短,相得益彰。"这段话令我十分赞佩。我一向以为,中国不少剧种语言相通,音乐风格相近,过去只因交通不便以致各自独立。现在理应相互吸收,融汇互补,逐步"聚变",以扩大和提高自己的艺术表现力。这应是许多剧种的走向。现在常常强调剧种姓氏,强调得过分,不利于剧种的革新发展。《迟》剧在这方面的成功应有普遍意义,值得深入探讨。我非常希望这个"三下锅"的青年剧团能编演出"三下锅"的新戏来。

《迟开的玫瑰》已经上演了六年多,艺术生命力旺盛,还将继续演下去。这六年成功的演出足以说明这部戏的成熟。但是也总还有进一步加工的余地。在看戏后的思考中,我多少感到,乔雪梅在她的奋斗历程中,一方面会得到多方的帮助和同情,另一方面也必会受到误解、轻视,会遇到难免的挫折。作者厚道,对像姨妈对乔雪梅婚姻的陈旧观念和压力,像宫小花的势利眼,像自己弟弟在爱情上的荒唐,等等,都只是点到为止,没有深挖一步(我就见过做了官太太或成为明星的,对贫困的老同学避之唯恐不及,心中充满蔑视的人)。我们现在的社会还相当复杂,对那些落后、阴暗的事物,似乎还可以再描浓一些。此外,许师傅在戏里应是十分有意趣有分量的人物,现在其地位与作用也稍嫌薄弱。这都是我不成熟的想法,仅供参考而已。

衷心祝贺《迟开的玫瑰》成功!

(作者系中国戏剧家协会原副主席、书记处书记、秘书长)

感知一种真实的精神高尚和情感丰满

——《大树西迁》观后

陈忠实

我是第二次观看《大树西迁》了。几年前《西部风景》完成创作,初演时我就看过。这部戏经过作者的不断修改、提升,今天再观看《大树西迁》,我确实被它所感动、所感染,甚至震撼了。

《大树西迁》所选题材的原型是20世纪50年代中期交通大学从上海西迁西安的历史事件。交大西迁,这个事件蕴涵着一个大的社会时代背景:50年代中期,刚刚成立不久的共和国雄心勃勃地实施第一个五年计划,一个重要思路是全面发展、开发西部,提升整个国家和民族的实力。

而发展西部最重要的一个契机就是科学文化知识的提升,科学文化知识向来是解决贫穷愚昧落后最基本的也可以说是唯一的途径,不仅中国如此,世界上很多先进文明的国家都是通过这一途径获得发展的。交大从上海西迁西安,就是在共和国刚刚成立,振兴国家、振兴民族成为整个社会最迫切的要求时,国家做出的一个重大而又英明的决策。通过这个事件,可以看到共和国刚刚成立的那个时期,社会和人心的倾向,所以"大树西迁"这个剧名也就具有一个时代独有的气象表征。

依托这个典型的时代生活背景,剧作家陈彦以苏毅和孟冰茜组成的知识分子家庭为主线,展示了这个家庭在社会的进程中,为国家的复兴复壮而不息奉献的精神追求和生存理念。苏毅对于国家民族复兴大业的那种自觉承担精神是真实的,是令人感奋的。我是从20世纪50年代过来的人(尽管是少年时代),那个时代的知识分子,无论长幼,无论男女,无论个人性格,对国家和民族的精神牵连和心理承担,已经成为他们生命意义和个人品质中最主流的东西。苏毅身上有一种坚定的,甚至是急不可待的奉献精神,完全可以说,他是20世纪50年代知识分子的典型代表,他的身上凝聚着那个时代知识分子共有的激情,弥散着那个时代特有的社会气氛。可以说,要感受20世纪50年代知识分子的精神心理情怀,请看苏毅一家!

孟冰茜是剧中另一个知识分子典范,是贯穿全剧的一个主要人物。孟冰茜在对民族和国家大业的精神承担上与苏毅是共同的。作为知识分子的她,在传播知识、承担责任、科学探索、无私奉献这些方面,与苏毅相比都毫不逊色,从这一点讲,这是一对完美的夫妻。只是因为孟冰茜对于上海——当时中国最发达城市的生活的留恋,也包含乡土情结,形成了后来贯穿剧中的矛盾冲突和情感波动。而这也使得孟冰茜的个性特征和心理情感更为多面,更为丰富。最令人感动的是,在"文革"中面临几乎是毁灭性的打击,甚至有生命危险的时候,孟冰茜那种对苏毅爱情的坚贞、对社会邪恶势力的坚定而义无反顾地对抗,不仅展示出一个知识分子的妻子对丈夫的美好情感,更显示出一个知识分子女性自身的精神闪光点。"打倒了你是我的百宝店,踏碎了你是我的珍珠衫。批斗会我搀你人前站,再跪下妻陪你把膝弯。危难中夫妻不分散,我是你永远的行星生命的港湾",我听到这个地方时,不由得心里打战，这是剧作震撼人心的一笔。孟冰茜是一个非常丰满的女性知识分子的舞台形象，她不仅是20世纪五六十年代知识分子的一个典型形象，也是贯穿并延伸到新时期的一个典型形象。

在与儿女的情感上，又体现出孟冰茜这个女性非常美好而动人的一面。矛盾发生在儿女的前途、工作和家庭的选择上：儿子要继承祖父的遗愿到更远的新疆去（祖父是中华人民共和国成立前献身新疆的科技工作者），女儿要选择陕西娃做丈夫。儿子对个人前途的选择，无疑是既继承了苏毅又继承了未能见面的祖父那种对国家民族自觉承担的精神理想。而她恰恰希望两个孩子回到故乡上海。正是在对儿女的亲情、爱情的指向上发生冲突，凸显出孟冰茜心理和情感真实丰富而又动人的一面。

剧作中不乏让人产生哲理式思维的闪光点，即如孟冰茜后来回到上海时出现的某些不适。当初从上海迁来西安，情感上本有一种对上海故土难舍的依恋；在西北奉献了大半生，实际上在不知不觉中她的情感已经和西北黄土地完全融汇到一起了；当她老年时重新回到上海后，她精神和心理上所产生的某些感受，却和她潜藏在心底几十年的心理依托发生了矛盾。这是探索人的精神和心理历程很微妙的一笔。由此我觉得陈彦这个戏,写人的精神心理是很精辟很独到的。

陈彦在塑造孟冰茜这个人物上,我觉得是很了不起的。他不是出奇招、怪招制胜,不是像我们现在看过的一些电影、电视甚至一些小说凭猎奇乃至瞎编某些怪异来引发读者的兴趣;他是把我们生活世象中最具普遍意义的人的一些心理历程凝结成故事情节,在人物关系中展示人物丰富的内心世界。陈彦努力寻求20世纪50年代知识分子精神历程中最富典型意义的事件,然后以普通大众都能亲自感知和感受到的一些世象作为表述形式。比如,你想把儿女留在大城市,儿女却志在边疆;你想让儿女找一个现代一点、新潮一点的对象,儿女却愿意选择一个从表象上看比较落后地域的人组建家庭。这些世象是任何一个家庭都可能面临的,所以孟冰茜的情感能引起大多数普通观众的心理呼应。不仅《大树西迁》如此,《迟开的玫瑰》中也体现了这一点。《迟开的玫瑰》中有什么大得惊人的事件吗?没有。他选取的都是我们社会生活中每个家庭每个个人都可能遇到的生活矛盾,然后把它典型化,通过人物关系、人物命运、人物的生活态度来塑造人物。这不仅体现了一个作家感受生活的敏锐程度,更难得的是他将普通生活典型提升的深厚功力,往往见出作家思想的深刻性,这是作家最致命的,也是最令人钦敬的一点。

再说李梅的演出。我看过李梅主演的《迟开的玫瑰》《大树西迁》两部大戏,《大树西迁》中李梅的表演,从个人形象、精神气象方面已完全不同于《迟开的玫瑰》中的大姐乔雪梅。乔雪梅是一个社会普通家庭中的一员,而孟冰茜完全是一个高级知识分子形象。高级知识分子女性形象是很不容易塑造的,尤其是要塑造得让人感觉真实、可信、可亲。《大树西迁》演到中后半部分时,我们已经看不见李梅的影子,只看见一个典型的富有个性的知识分子孟冰茜的形象呈现在舞台上。李梅能完成这一艺术角色的塑造,应该说她的艺术表演得到了一次升华;同时也展现出她开阔的舞台艺术创作空间,既能演好普通市民,也能演好高级知识分子。可以说,这是李梅表演艺术的又一次大跨越。

(作者系中国作家协会原副主席,著名作家)

一曲拓荒西部的壮歌

——评秦腔现代戏《大树西迁》

康式昭

日前,有机会看了陕西省戏曲研究院青年团上演的大型秦腔现代戏《大树西迁》。激动惊喜之余,禁不住出自内心地想说点什么、写点什么。便急切地拿起了笔。

这是一部以20世纪50年代交通大学西迁、组建西安交大为内容的史诗性的剧作,时间从1957年到2007年,跨度达半个世纪。大树西迁,植根西土——这是一桩知识分子用智力开发西部的壮举,这是一曲拓荒先行者的颂歌,这是一页辉耀共和国教育史册的闪光篇章!真诚地感谢陕西省戏曲研究院的艺术家们,他们用精湛的艺术,让我们重温了那段圣洁的历史,见证了那些崇高的灵魂!

看过演出,静下心理理思绪,几种强烈的感受便油然而生。我以为,该剧既有历史沉积的厚重感,又有面向未来的使命感;既有催人向上的奋发感,又有洗涤灵魂的崇高感。而这一切,又以平易朴实、和谐亲切的方式表现出来。

说厚重,在庆贺中华人民共和国成立60周年之际,舞台借西安交大的一角,借一群上海西迁的拓荒者们蹒跚然而坚毅的步履,借他们人生坐标的重新定位及人生价值的辉煌展示,演绎了整整50年的历史。那历史巨人的行进,能不让人们感到厚重?说使命,正像老教授苏毅所说:从上海到西安,铁路是1509公里,仅仅才走了华夏版图的三分之一,而三分之二的地方,还没有一所像样的高校!交大西迁,智力拓荒,是民族历史演进的必然选择!他牢记:孙中山先生几十年前就讲过,没有强盛的西部,就没有这个民族的安宁!《大》剧形象地展示了这一切,也让人们认知了一切。应该毫不夸张地说,在中央决策西部大开发的今天,先行者们先知先觉的身体力行,尤其显得珍贵!

说奋发,说崇高,苏毅祖孙四代——从旧中国魂安新疆的老地质学家(苏毅生父),到新中国领头西迁的学术带头人"海归"高知苏毅,到西安交大的佼佼学子、儿子小眠的志赴新疆,再到孙子苏哲的回疆支教,一脉相承,志存高远。在他们身上流淌的是献身边陲、智力拓荒的热血,在他们心中鸣响的是不求安逸、争膺艰险的旋律。他们,正是中华民族坚挺的脊梁!而作为集中代表的,则是剧作中贯穿五十春秋的女主人公——孟冰茜。

孟冰茜是全剧着墨最多,也最为成功的艺术形象。作为苏毅的学生、妻子、崇拜者和事业的同路人,她爱丈夫、爱学术、爱子女、爱学生,宁愿舍弃上海的舒适生活,来到黄土漫天的大西北。对这些,她无怨无悔。然而,心中却一直葆有着难以抹去的上海情结。回归上海,几乎是牵连着她毕生生活的愿望:丈夫不回,她自己回;自己不回,让儿子女儿回;子女不回,则希望孙子回。当时序演进10年、20年、30年,甚至50年,她终于如愿以偿地以80岁高龄回到上海的时候,却猛然发现,她的出生地上海,已经变得陌生,而她刚刚离开的大西北,却成为她朝思暮想、魂牵梦绕的地方。她终于明白,她早已经把根扎在了为之献身50年的黄土地!作者有意避开了"高大全"的套数,让他的女主人公没有高过常人的起点,她只是一个忠于事业、富有爱心的高级知识分子,是严酷而多彩的生活教育了她,是西北人的质朴浑厚感化了她,是内蕴深厚的黄土文化滋润和改变了她!

海洋文化和黄土文化的碰撞和最终融合,在孟冰茜身上得到了自然而然的、顺理成章的、合情合理的体现。其内涵远远超过故事情节本身,令人回味无穷。

饰演孟冰茜的李梅,表现非常出色。这是一个表演难度极大的角色,种种矛盾集中到她身上:丈夫"文革"中备受委屈,儿子决绝地随着心爱的达坂城姑娘寻梦新疆,女儿又爱上陕西楞娃秦川麦,一个个都违拗她回归上海的意愿,让她始终处于内心的极度痛苦之中。然而,正直而富有同情心的她,最后终于读懂了这执拗的父子们。李梅深挚地表现了这一思想斗争也同时是人物心灵净化的过程,感人至深。从年龄跨度看,从30多岁演到80有余,在短短两个多小时内,要实现这一渐变,称得上是巨大挑战。可喜的是,李梅自然而然地、不露痕迹地完成了,让观众在不知不觉中接受了。而相当重的唱段,特别是末场20多句长达20多分钟的重点唱段,她也声情并茂地完成了,让人不禁产生"金嗓子"的慨叹。总之,可以毫不夸张地说,李梅凭借孟冰茜的形象塑造,实现了自身艺术上的飞跃。作为秦腔"四大名旦"之首,她有了属于自己的秦腔代表剧目,委实可喜可贺!

其实,整个演出阵容都十分整齐而出色。无论苏毅、周长安、苏小眠,还是苏小枫、杏花、尹美兰、古丽的扮演者,个个称职,人人有光彩。在导演的出色调度下,成就了一台可圈可点的佳作。

期盼在广泛听取意见的基础上,再做调整加工,把该剧推向一个超越《迟开的玫瑰》的新高地!

(作者系文化部政策法规司原司长,文艺评论家)

抒家国情　状心灵史

——秦腔《大树西迁》人物塑造摭谈

王蕴明

《大树西迁》无疑是当代中国戏剧舞台上一出难得的佳作,在编、导、演、音、美综合艺术上达到了相当高的美学水准。其成功主要源于三个层面:一是通过西安交通大学教授苏毅、孟冰茜一家人的命运,折射出中国社会近50年的变革发展脉络,既有纵深的历史感,又有丰厚的社会横断面;二是塑造了具有鲜活性格特色的新中国知识分子形象;三是成功的舞台呈现。尤其李梅的表演艺术更臻成熟了。

在这三个层面中,人物性格的塑造是关键,它既是舞台艺术的中心,又是丰厚深邃的社会历史内蕴的生动展现。剧作采用由点及面、层层辐射的结构法,以孟冰茜为核心依次展示她的一家人,由这一家人再外延至社会的各色人等,营造出全景式的社会画面和半个世纪的历史变迁。而孟冰茜性格的塑造也就在这种人物关系的展示和社会变革中完成。在孟冰茜一家中,丈夫苏毅是西迁(由环境优越的上海迁至环境艰苦的西安)的坚定执行者,他的内在动力既有其自身的爱国情怀,又有其承续父辈未竟事业的志愿(苏毅的父亲是献身西部建设的老一代知识分子)。儿子苏小眠自愿扎根新疆是对祖辈西部情结的延续。作为孟冰茜的重要映照,周长安教授是西部知识分子的一个代表,他的坚毅、执着、敦厚乃至某些土俗,浸润着厚重的西部文化基因。他在那场史无前例的"文革"中保护和支持了孟冰茜一家人,增强了他们战胜厄运、度过困境的信心与力量,而且随着岁月的延伸,彼此间的友情日渐深厚。还有那个从以鸡蛋兑换粮票到兑换外汇券再到供儿子上大学的杏花,作为西部人民的一分子,既折射着社会的变革,又春雨细无声地滋润着孟冰茜多情的神经。生长在大城市上海的孟冰茜,伊始是一个成长中的青年知识分子,她的西迁一则出于当时的革命热情,更主要是在丈夫苏毅的带动下相伴而行。在她的内心深处一直存在着去(上海)与留(西安)的碰撞与斗争。为此,剧作既是源于生活现实,也是作为孟冰茜性格另一侧面的映照,又塑造了尹美兰这一人物形象。这是一个善于顺应时代潮流营造自我小天地的人物类型,她既不愿工作在生活艰苦的西安交大,又见异思迁,随时变更和追逐着时髦的岗位,一会儿坐机关,一会儿做记者,一会儿当作家。剧作的主人公孟冰茜就是处在这样一个由各种人物组成的社会网络中承受着正、负多重力量的导引与牵扯,在这导引与牵扯中前行着,成长着。作家在对孟冰茜性格的塑造中,紧紧地把握着人物的情感线和心灵史,即将人物的情感和心灵作为性格描写的核心。这里有夫妻情(夫妻间的爱恋和困境中的相濡以沫)、母子(女)情(儿子不回上海而去更西的新疆,母子间的情感冲撞和儿行千里母担忧的慈母情怀)、朋友情、师生情(同事周长安默默地导引、支持和莘莘学子的殷切期盼)、邻里情(与杏花),等等。这些情感的波澜与心灵的震颤是那样的真实与生动,具有很大的普遍性,令观者感同身受,扣人心弦。同时,这种种动人心弦的情感波澜与心灵的震颤,最终汇入到时代的潮流,升华为中国知识分子共同的爱国情怀,主人公战胜了自我,坚守了事业,培育了英才,为社会主义祖国立下了功勋。该剧催人奋进,净化心灵。因为这种升华"不是从琐碎的个人欲望里,而是从那把他们浮在上面的历史潮流里汲取来的",代表了一种普遍的社会情结。因而,孟冰茜这一人物形象,就既具有其独特的艺术个性,又具有普遍的社会共性,成为个性与共性融合统一的艺术典型。"是典型,然而同时又是明确的个性,正如黑格尔老人所说的'这一个'"。(恩格斯)

在中国戏曲的传统剧目中,是不大注重人物性格典型化的,人物形象大都是类型化的,所以王国维称中国戏曲是"以歌舞演故事",人物是为故事情节服务的。当代新编剧目在人物性格的塑造上有了明显提升,但能达到典型化的美学高度的,却并不多见。在这里,秦腔《大树西迁》显然更胜一筹。剧作家陈彦是擅于塑造人物的,《迟开的玫瑰》一剧就展现了他的才华,而《大树西迁》中的孟冰茜比《迟》剧中的乔雪梅更为丰满与浑厚。在这里,不仅呈现了当代知识分子的人格力量和家国情怀,而且在不同文化心理的碰撞与交融中体现着历史前进的脚步。可以想见,孟冰茜这一人物形象在灿若星汉的文艺画廊中必将占有她应得的位置。

(作者系中国戏剧家协会党组原副书记、秘书长,著名文艺评论家)

贴着老百姓的心窝写戏

——评秦腔新剧目《西京故事》

傅　谨

秦腔新剧目《西京故事》是一出贴着老百姓的心窝窝写的戏,所以它得到西安观众发自内心的拥戴,也就不足为奇。从3月8号到4月3号,陕西省戏曲研究院上演的新戏《西京故事》,每天晚上都牵动着西安观众的心。剧院的售票窗口早早就挂出"满座"的提示牌,剧院门口天天晚上游弋着倒票的黄牛党;演出过程中自始至终热烈的气氛,剧终后久久不肯离去的观众,都是为了这部新推出的现实题材剧目。

《西京故事》是一部艺术性与思想性俱佳的现实主义

力作,它通过让人们感同身受的情节、故事与人物,让我们触摸到时代真实的脉搏,并且引发人们深层的思考,激励人们在新的时代,在中华民族文化悠远的伦理道德根基上坚守理想主义,实现自己的奋斗目标。它既有坚定正确的价值导向,同时又塑造了鲜明的人物形象,通过一众戏剧人物牵动人心的命运起伏,深深地打动了观众。《西京故事》是写这个时代的农村人融入现代城市的过程,但它不是那类心灵鸡汤式的浅薄的励志文学,它不想为农村人虚构一个因进入城市而迅速步向成功的神话。相反,它没有回避这个时代面临的凝重的话题——伴随着发展而来的不可避免的两极分化扭曲了许多人的灵魂,加剧了社会矛盾与城乡居民的冲突,而解决之道,从社会角度看,显然不仅仅在于经济的发展与腾飞;从个人角度看,也不仅仅在于发财致富。真正重要的是在改善与提升国家的经济实力、重写个人的际遇和命运的同时,如何保持一以贯之的道德操守与核心价值。在任何时代,只有社会不同阶层共同完成健康、积极的社会核心价值的建构,才有长治久安的可持续发展,社会与个人才有正常的心态,才不会被成功的渴望淹没。因此,秦腔《西京故事》的重心,在于揭示两代人成功的艰辛过程以及人们走向成功的强烈愿望背后潜在的危机,让我们警惕罗天福一家的西京梦——这正是我们这个民族的中国梦的缩影——遮蔽下隐隐若现的困局,为了实现这一梦想,我们除了需要执着、需要勤奋、需要拼搏,还需要更多,那就是需要一盏理想的明灯照耀我们前行。

秦腔《西京故事》写了当代人的迷失和抉择。这里,不仅有因城市的急剧扩张而率先得益的暴发户的迷失,有教育者的迷失,也有农村青年焦躁地急于改变命运的迷失。迷失逼迫人们选择生活道路,更重要的是它逼迫人们在灵魂的升腾与堕落之间抉择。优秀的文艺作品,不仅要引导人们选择正确的价值观和生活道路,更重要的是要让这样的选择令人信服。《西京故事》做到了这一点,所以值得充分肯定。

《西京故事》通过罗家两代人来到西京这座城市,从两个视角展开当代农村人追寻城市梦的路上遭遇的坎坷。姐姐罗甲秀和弟弟罗甲成先后考上了这里一所知名大学,当年的民办老师和村干部罗天福骄傲地把自己的两个孩子都培养成了大学生,他觉得实践自己梦想的道路就在眼前,他索性让全家搬到西京。故事就围绕着罗天福一家的西京生活展开,然而,当他们一步跨入这座城市,迎接他们的并不是鲜花与光环,而是超乎预想的道道难关。这里除了贫富之间的差异,还有与之不无关系的生活方式和习惯的差异。有城乡之间长期存在的巨大鸿沟导致的社会身份的落差,还有城市部分人对"农民工"这个名词几乎已经定型了的成见和歧视。罗天福和他的子女在跨越城市的第一道门坎时,面临前所未有的挑战,但是在戏里,他们在挑战面前,把自己锻炼成了精神上的强者。

强者的诞生需要特殊力量为支撑。在秦腔《西京故事》里,作者巧妙地用主人公罗天福创伤累累的脊柱作为象征,它让我们重新思考支撑着中华民族的历史与现实、今天与明天的千千万万普通民众内心那种朴实的伦理的当代意义,就是由于他们对那些深深镌刻在民族文化深处的伦理道德价值的坚守,让中国的脊梁始终挺立不倒。构成这一屹立在世界东方的脊梁的,不仅有历史上那些慷慨悲歌式的英雄人物,还有像罗天福这类普通平民,他们用自己对人生、对命运始终不渝的信念,从普通人的角度,书写着"人"的内涵与意义,同时完成了自己的人格塑造过程。

在这个变化迅速的世界上,要想始终挺立,对每个人都不轻松。即使是在经济迅速发展、已经因改革开放而发生了翻天覆地的变化的中国,当下依然有很大一部分人,生活中经常遭遇困苦、曲折和磨难。这个时代仍会有人遭遇不公;不同社会阶层的人们,相互之间并不总是能和睦相处;利益和观念的冲突无所不在。这些离我们其实并不遥远,然而要勇敢地写出和演出日常生活的凝重与辛酸,并且让人们透过沉甸甸的现实看到生活的曙光,却不是谁都愿意去做的,更不是谁都有能力做到的。这就是《西京故事》的剧本作者陈彦以及陕西省戏曲研究院的可贵之处。

更为可贵的是,《西京故事》不是在简单化地指责城市对农民的排斥和歧视。如果说城市是现代社会的产物,是现代文明的结晶,那么,农村人无论是把城市看成是梦想的终点,还是把进入城市看成实现他们的梦想的起点,都是这个时代的必然,而城市无可逃避地要成为这个时代矛盾冲突的焦点。在中国乃至世界的现代化进程中,城市始终是农村人有关富裕和成功的想象中最核心的元素。

城市预示着无穷的机会，预示着唾手可得的财富，也预示着每个人对自己命运的把握，对人格和自我价值的重新认定。但是有关城市的这些神话般的描述，存在许多误区，它们太容易让农村人迷惑，而由于他们对城市充满了太多浪漫的预期，当城市的真实袒露在他们面前时，不免受到打击而产生强烈的失望和失落。在这样的场合，如何调适自我，实为这些城市新人需要尽快完成的必修课。

这部戏成功地塑造了一对来自农村的大学生兄妹，他们构成两个互补的形象，其中弟弟罗甲成的心态与行为，更值得我们关注。农村青年们把考上大学看成是改变自己命运的龙门一跃，考上了名牌大学的罗甲秀和罗甲成同样如此，他们通过自身的努力终于穿越了高考这道铁门槛。但是《西京故事》让我们看到了这一表象背后更深层的一面——农村青年考入大学，踌躇满志地一步跨入城市时，"知识改变命运"这个动人的故事，其实才刚刚拉开序幕。《西京故事》用极具现实感的表演让我们看到，罗甲秀进了大学后，为减轻父母的负担，不仅帮人做家教，还在校园里捡拾废品，对于她而言生活的重担并没有因为进了大学而立刻卸下。但是就在这样的特殊情境中，罗甲秀用自己的行为,为我们诠释了当代农村青年对自我、对尊严、对人生的一种认识和定位,在她的经历中,作品倾注了足够的敬意,以强烈饱满的温情,把她托到舞台中央。而她的弟弟——戏里的罗甲成,恰好表现了同样身份的青年学生对自我、对尊严、对人生的另一种认识和定位,或许这是一个更令观众感到耳熟能详的形象。这位从农村来的大学生,他把高考成功看成彻底改变命运的重大机遇,急欲摆脱贫困与低微的身份,成功的迫切欲望占据了整个心灵,成为他所有戏剧化行为最核心的动机。他是如此自信自满且急于成功,但他对生活中可能出现的磨难,显然缺乏心理准备。他对成功过于强烈的渴望和脆弱的心灵互为因果,他的盲目自信和过度自尊,最终酿成了他拒斥大学、拒斥社会的悲剧。编剧陈彦曾经说,他不愿意把罗甲成写成巴尔扎克的小说《高老头》中的经典人物拉斯蒂涅那样的人。但我们在罗甲成身上确实看到了一个拉斯蒂涅的当代中国版本,他们都有才华,同时也有追求,却因一步踏入新的机会无限的世界,对权位与出人头地的欲望被突然激发出来,却无法客观、真实与理性地认识自我。《西京故事》通过罗甲成这个具有很强现实性的形象,为观众提供了一个特殊的角度,让我们认识与反思知识与命运之间的辩证关系。在各种励志故事与书籍铺天盖地时,如何涵养青年一代健康、健全的人格却往往被忽视。一个本应该成材的青年,却由于人格的缺陷和心灵的扭曲,在挫折和困难面前轻易被击垮,无论对他个人还是对社会,这代价都太过沉重。同样的悲剧,近年在媒体上时有所闻,《西京故事》触动了这根敏感的神经,不能不引发我们的警惕,引发全社会对教育的内涵与目标的重新思考。剧中的罗甲成因无法面对人生及爱情的挫折,突然出走,焦灼万分的罗家在众人帮助下终于把他找回。那个当过多年农村民办教师,一直为自己从事教育事业的业绩倍感自豪的父亲罗天福,痛感遭遇此生最难以承受的挫败。可能失去儿子的家庭危机,几乎击垮这位从不低头弯腰也从不轻言放弃的汉子,在这时我们看到他撕心裂肺的情感爆发,我们听到的,更是一代艺术家对当代中国教育失败发出的呼喊。

秦腔《西京故事》是剧作家陈彦继《迟开的玫瑰》《大树西迁》之后又一部令人瞩目的作品,三部作品体现了他对城市平民、普通知识分子和农民这三个中国当代最重要的群体的关注。通过这现实题材三部曲,他已经当之无愧地成为当代中国最优秀的现实题材剧作家。这些作品既体现了强烈的现实关怀,同时也充满了理想主义的光芒,由此构成他鲜明的艺术风格,同时也蕴含着很大的信息量。他的作品,总是能够从普通人的生活和命运出发,并且超越个人际遇,体现出更宏大的社会背景,表达深刻的思想内容。《西京故事》比前两部作品有更丰厚的内涵,因为更宽广所以更厚重。

提及《西京故事》的成功,还不能不提及主演李东桥的演绎,他在剧中根据人物的特定身份,创造了诸多极具表现力的身段;他感人至深的唱腔,更给人留下难以忘怀的记忆。秦腔是中国最古老的剧种之一,它以极具特色的苦音和欢音的和声,唱出了中国人内心深处对生活与生命的体验。就像秦腔历史上多数经典剧目一样,李东桥擅长用苍凉凄切的大段苦音慢板,演绎主人公罗天福内心激烈的矛盾。尤其是在主人公面对生活的艰辛,在放弃和坚守中挣扎时,秦腔的表现力更被发挥得淋漓尽致。秦腔感人至深的魅力源于大西北地区的民众千百年来在这片土地上承受的苦难,以及在苦难面前的坚毅,伤感与激情兼而有之,最典型地融化在它精彩的苦音慢板中。看它在《西京故事》中的运用:用它表现心情激荡的罗天福,令人击节赞叹。让秦腔的魅力重新回到现实题材作品中,让观众在剧场里体验到秦腔表演艺术的深厚积淀,由此获得极大的艺术享受,这是让观众回归戏曲剧场的不二法门,同样也正是当代戏曲面临的重大考验。它需要每个优秀演员在舞台表演艺术领域不懈追求与努力,像陕西省戏曲研究院和李东桥这样,结合剧中人物的性格与处境,选择和创作适宜的唱腔,并且对重点唱段细加琢磨,使之逐渐臻于完美。

在这个信仰萎缩的时代,我们太缺乏这样既直面现实又充满理想主义精神的剧作。同时,当人们抱怨观众不愿意进入剧场欣赏戏剧时,应该反省的是,我们给普通民众提供过多少像秦腔《西京故事》这样贴近民众生活,与他们的喜怒哀乐产生强烈共鸣,同时又在舞台表现手段上精雕细刻的优秀作品?

(作者系中国戏曲学院学术委员会主任、教授)

传精神　铸灵魂　出思想

《西京故事》等秦腔现代戏三部曲的启示

仲呈祥

很高兴在周末应邀专程赴西安看剧作家陈彦新创作的秦腔现代戏《西京故事》。这是他继双双荣获国家舞台艺术精品工程"十大精品剧目"的《迟开的玫瑰》《大树西迁》之后的又一力作,这三部作品被称为陕西省戏曲研究院和他个人的现代戏三部曲。我对如何创作出富有生命力的现代戏饶有兴味。而《迟开的玫瑰》与《大树西迁》均历经数年,久演不衰,颇受欢迎,前者被誉为市场经济条件下的一曲撼人心魂的道德颂歌,后者堪称上海交大西迁的知识分子的一部舞台精神史。传自强不息精神,铸厚德载物灵魂,是身为中共十七大代表的剧作家陈彦的一贯追求。《西京故事》又如何?我满怀期待,匆匆飞到西安,已是黄昏,便直奔剧场,门口黑压压的人群,都是等票的观众。这一票难求的景象,令我又惊又喜。一打听,《西京故事》已连演30场,有倒票者已将票价从乙票20元炒到了80元,甲票50元炒到了280元。

观罢全剧,我被震撼了,沉浸在舞台上那支贯穿始终的秦腔民谣"我大,我爷,我老爷,我老老爷就是这一唱,慷慨激昂,还有点苍凉。不管日子过得顺当还是恓惶,这一股气力从来就没塌过腔"之中,久久不能自拔。全场的观众,也长时间起立鼓掌。这是一出接地气、接人气、接天气的好戏!

说它接地气,是指它真真切切地贴近生活,贴近实际,贴近观众。故事从改革开放的现实生活中来,从西京大杂院中居住着的一群农民工底层群众中来,既散发着浓郁的地气又饱含着艺术的芬芳,绝不似那些不食人间烟火、脱离民生民情、一味营造视听奇观的"大制作"。说它接人气,是指它血肉丰满地精心塑造出具有典型认识价值和审美价值的农民工罗天福,农民工子女罗甲成、罗甲秀和房主西门锁一家等人物形象,说人话,诉真情,谱写出城乡一体化历史进程中两代人的精神碰撞和心灵轨迹。既充溢着活生生的人气又迸发出反思的意味,绝不像那些耍贫嘴、编三角恋、一味制造生理感官刺激的游戏之作。说它接天气,是指它赋予人物形象以鲜明的美学理想和审美褒贬,讴歌罗天福、罗甲秀在农村文明与城市文明的交融互补中与时俱进的精神之美;鞭挞了西门锁一家及罗甲成在物欲横流风气下的道德滑坡的灵魂之丑,从而引领观众于艺术鉴赏中获得强大的精神动力和深刻的思想资源。

《西京故事》采自生活,寻常得很。当过乡村教师、做过村主任的老农民罗天福因一双儿女先后考上重点大学,携妻举家进城,靠家传手艺"千层饼"供养儿女读大学。孰料女儿罗甲秀传承父志,一边勤奋攻读,一边既搞环保又拾废品,勤工俭学。儿子罗甲成却在浮华虚荣前背弃父志,指责姐姐拾废品丢了自己的脸,失恋后弃学出走甚至想自杀轻生。房东西门锁一家居高临下,利欲熏心。《西京故事》聚焦于各色人等的精神世界,展示他们各自的灵魂嬗变,表现他们不同的人格追求,因而对观众产生巨大的吸引力和感染力。传精神,铸灵魂,出思想,可以视为是陈彦从《迟开的玫瑰》到《大树西迁》再到《西京故事》一以贯之的大艺术特色。这有力地匡正了时下流行的那么一股缺精神、缺灵魂、缺思想的创作倾向。

《西京故事》的另一艺术特色,是高扬秦腔的审美优势。秦腔,是西部人民用戏曲艺术审美把握世界的重要形式。它与其他戏曲艺术一样以虚代实,营造意象,注重程式化。它的唱腔特别激越高亢。话剧导演查明哲受邀担纲此戏导演,自觉重视高扬秦腔的审美优势,凸显秦腔的戏味。不论是台上那株千年唐槐和未在台上显现的乡下罗家老宅里的两株紫薇,还是总在奏鸣着人生旋律并于关键时刻发出人生哲理的东方雨老人,抑或是那支贯穿全剧的气血充盈、裂帛向天的秦腔民谣,都是中华民族自强不息、厚德载物的精神意象。不论是农民工群体的场面调度,还是旺春嫂等的舞蹈设计,抑或是整个舞台美术,都既保留了秦腔的戏曲特色,又吸收整合了其他姊妹艺术的有用的东西,实现了富于当代风采的在"各美其美,美人之美"基础上的"美美与共"。这也与某些话剧、舞剧、电影导演把戏曲"导"变了"味"大相径庭,具有宝贵的启示意义。

总之,在价值取向和艺术追求上,《西京故事》确为一部"引导社会、教育人民、推动发展"的好戏,值得大力推荐。

(作者系中国文联前副主席、书记处书记)

努力对时代发出有价值的声音

陈 彦

戏曲现代戏创作走过了大半个世纪,可以说积累了十分宝贵的经验。我们在这些经验的基础上,继续摸索,实践,前行,有辛酸,但更有喜悦。这个喜悦是建立在国家积极倡导推动,观众自发接纳欣赏,并持续呼唤、催生的基础上的。

传统戏曲博大精深,美不胜收。正因为如此,才有了戏曲现代戏的附丽生成,应该说,现代戏的诞生,正是对传统戏曲爱之太深的结果。如果说许多情感思想的表达,都想采用戏曲这种艺术形式来完成,那将是戏曲界的一大幸事。尤其是讲述当下生活故事,仍然顽强地坚持用传统戏曲去表现,那就更是幸事中的幸事了。让更多的时代故事,以戏曲的形式生动地展示出来,那不正说明了民族戏曲这种传统艺术生命的强大吗？因此，痴迷传统戏曲的人，更应该对戏曲现代戏抱有一份深深的眷顾与爱怜。

我就是这样开始戏曲现代戏创作的。首先是我有话想说，想说跟当下生活有深切关联的话语。有话想说，这对一个创作者来讲很重要，甚至是创作唯一的动力。如果都是命题作文，都是硬写，那就很难说是有话想说了。只有有话想说，才可能把话说好，说出意味，从而让观众乐于听你去絮叨。我创作过十几个现代戏剧本，也是一点一点在摸索它的规律，是一种寻找更好的表达方式的过程。其次是，我喜欢戏曲这种艺术形式，既能说，又能唱，还能舞，尤其是象征性能以一当十地表现出生活的丰富性。我比较喜欢象征，不管观众看没看出来，我都要十分偏执地在我的创作中融入这种手法，以完善我语言未尽的表达。所以，我就对戏曲现代戏这种有巨大包容性的艺术形式，始终抱有一种偏好和敬重。

我在创作《迟开的玫瑰》时，就是觉得，整个社会都只盯着成功人士，盯着白领，盯着塔尖上的人物，而漠视普通人的存在，甚至嘲弄他们的生存方式，鄙视他们的生命意义与价值，这是不行的。社会的宝塔尖，是靠坚实而雄厚的塔基撑持起来的,长期漠视甚至消解社会"底座"的价值意义,这个社会是会出问题的。正像一个家庭,如果能出大人物,出优秀人物,那一定是有家庭成员要付出代价的,有的甚至要做出巨大的牺牲。我们需要发掘这些牺牲精神的价值,从而让社会的宝塔更加稳固持久。

这个戏在剧本初出来的时候,也并不完全被看好。因为那个时期,比较流行的文艺作品中的女主人公,大多是住在别墅里呼风唤雨的女人,即使农村题材中的女性,也一定是能把一个村子搅得天翻地覆的女强人形象。而我发掘的是一个为了家庭、为了弟妹,不得不放弃上大学的机会,由"校花"逐渐"滑落"为一个普通家庭妇女,并最终嫁给一个靠疏通下水管道生活的"最底层的小人物"的形象。主人公叫乔雪梅,她的生命价值自然遭到了不少质疑,但我固执地认为,这是最真实的社会存在,是许多人都不能逃脱的生命现实,也可以说是一种叫命运的东西。我们身边这样的"背运大姐"比比皆是。她们自觉不自觉、情愿不情愿地托起了家人,照亮了别人,而自己却一天天"黯淡"了下去。我就是想通过这个戏,发出一种声音:社会不能整体性地蔑视、嘲弄这个庞大群体的存在,更不能给这个世俗眼中的"卑微人群"的伤口撒盐,甚或批判他们终日"推磨子,拉碾子"式的生命是"无意义的苟活",要努力找回他们身上的亮色,让他们感到自己的牺牲与忍辱负重是有价值的,他们是配享有与成功者同等的地位与社会尊重的。

这个戏先后有20多家剧团移植上演,至今仍是一些剧团的保留剧目。它的生命力让我感悟到了一种内心必须永远坚守的东西。

再说说《大树西迁》,这是写上海交通大学西迁西安的故事。这开始是一个命题作文,西安交大是找我写电视剧剧本的,后来发现里面很多历史问题纠缠太深,争议很大,不好把握。可我已在大学做了将近半年的功课,不写点啥,觉得对那些十分真诚地接受我采访的教授们不好交代,最后就驾轻就熟写成了舞台剧。其实,真正能宏观展示这个事件的,是一些诸如彭康校长这样的大人物,可戏剧一旦牵扯进怎么都叙述不清的大事件中,留给心灵的东西就不多了。因此,我最后还是只虚构了这个大事件中的几个"小人物"的故事,让他们充分打开心灵,从而折射出大事件背后的生命悸动。

一切都从采访开始,我采访了上百人,听到最多的还是一些牢骚话,认为历史对这批"西迁"人多有不公。现在呢,与留在上海的人相比,待遇差别又很大,但他们却始终在坚守,并且成果斐然。我的主人公孟冰茜教授,就是这样一个十分复杂的"矛盾体"。她三十几岁随着首批"西迁"大军到西安,有一种"被绑架的感觉"。50多年中,一直有离开西部"东归上海"的梦想。开始是自己想回,后来是想把儿女们迁回去,可阴差阳错,非但始终没能如愿,树根反而越扎越深。因此,忧愤、抱怨、不满也就伴随自己走过了大半生。可这一切并没有影响一个知识分子的专业进取精神与报效国家的忠诚,她不仅桃李满天下,而且科研成果丰硕,成为当之无愧的栋梁之材。就在她年满80岁时,终于实现夙愿,回到了魂牵梦萦的故乡。但仅几个月时间,这颗孤独的心,就又悄然自我移栽回了西部,因为她已经成为那片土地不可分割的一部分。

这个戏我想说的话很多,想说爱,说事业,说苦难,说忠诚,说教育,说东西部文化差异,也说到了"文革"。可有一种意思似乎不能不表达,那就是我们民族的脊梁,百折不挠、坚不可摧的那种。

我创作的另一个现代戏《西京故事》，完全是一群小人物的生活演进史。他们生活在城市的边缘地带——城中村，置身于城乡二元结构的对立、融合"接缝处"，既想挣脱贫瘠的土地养育，又难以融进繁华热闹、看似很是文明的时尚都会。他们内心涌流着难以言表的希望与失望，坚守还是放弃，挺立还是趴下，奋进还是沉沦？他们的思绪与情态十分复杂。

我观察了这个群体很长时间，最早使我产生兴趣的，就是我们单位屋檐下的那群人。他们有十几位，白天外出打工，晚上回来，就在廊檐下的水泥地板上安营扎寨。据我了解，他们不是要饭的，而是进城务工的农民。他们嫌租房太贵，因此，一年四季就过着这种风餐露宿的日子。为了创作，为了发言，我又走进了真正的农民工集散地，一个叫八里村的地方。这里竟然住有十万农民工。另一个叫木塔寨的城中村，当地人仅1500多个，而外来务工人员却达到五万之众。每逢上下班，真是摩肩接踵，人潮汹涌，煞是壮观，当然，也令人惊悚惶恐。这个庞大群体中的每一个个体的冷漠表情背后，都隐藏着什么样的秘密？他们都在思考什么，追求什么，他们集合在一起的意义是什么，这种集合又会产生一些什么样的能量？一切的一切，都不由人不浮想联翩。我先后多次进村，采访农民工个体，也采访村上的领导。他们说，好多年了，一直就这样，来了走，走了来，像流水席一样，但始终都是相安无事的。

"相安无事"这四个字，让我驻足徘徊。我就从这四个字中，去寻找人物的深层心理结构，最终确定了罗天福这个主人公，并进一步建构了他那个不无代表性的家庭——一个包含了诸多社会因子的生命"细胞"。这个"细胞"在"西京梦"的追逐中，在国家的城市化进程中，经历了精神撕裂，甚至肉体的植皮、切腹、换肝，但他们最终并没有以变形的人格获取幸福。罗天福始终坚持以诚实劳动安身立命，在生存与精神困境的双重挤压下，顽强持守着做人的底线与生命的尊严。他的苦痛，他的隐忍，他的愤怒，他的坚守，虽然是一个小人物的知行，却触痛了一个时代最敏感的神经。我以为"罗天福们"的呐喊、撑持、肩负就是时代的最强音，他们的故事必然振聋发聩。

这个戏短短几年间，演出已过500场，走过全国20多个城市，100多所高等院校。这个秦腔戏，在远离了西北本土的一些南方大学演出，居然先后引起多个省级教育部门的重视,要求教育部安排返场。这个戏投入不到 200 万,各种收入加起来,早已突破 2000 万。戏演出后,几本没用上的采访素材与无法完全装进戏里的诸多思考,让我意犹未尽,我就一鼓作气写成了 50 万字的长篇小说,还叫《西京故事》,由人民文学出版社出版。小说发行后,先后有报纸连载、广播电台长篇小说连播,也改编成了电视剧。能以多种艺术样式出现,这一切都是一部现代戏产生的后效应。

通过自己的创作实践梳理,我以为,民族戏曲既要抓好传统经典继承,抓好历史传统题材创作,也要关注现实,关注当下,努力为时代发言。只有努力为时代发言,并发好言,才是对优秀传统的最好保护与发扬光大。我老讲,中国古典小说的成就很高,《红楼梦》至今仍是一座高山,但小说界并没有躺在那些成熟的章回体中,去不断翻新历史传统故事。相反,小说中百分之九十以上的创作,基本都是现实题材。作家们在努力寻找对时代有介入深度与发言力度的创作题材。中国画也一样,历史成就很高,但当代画家,绝大多数都在表现当代生活,以求与审美对象产生心灵呼应与共振。新兴的影视行业,更是以当下生活为基本载体,全方位地占领着我们的视听空间。因此,民族戏曲也应该在竭力保护传统的基础上,努力拓展生命空间,在现实题材创作上多点作为,多点时代的焦虑与思想精神张扬。

当然,现代戏创作也面临很多困惑与问题。我觉得解决这些困惑与问题的首要方法是,说自己想说的话,发自己想发的言。就是在创作上一定要有选择,不是什么生活都能拿来入戏的,有些压根儿就可能是昙花一现的新闻素材,或者是适合其他艺术形式"短平快"表现的东西,偏要拿来入戏,硬要说别人掐着你脖子非让你说不想说的话,就不免捉襟见肘了。现代戏的生态不容乐观,其中一个最大的问题就是,好多人用这种形式,做了"功利"的传声筒,以致很多人误解了它的美学品格,导致它成了一种什么都可以往里装的"垃圾筐"。长此以往,现代戏被人误解、误读就成为一种必然。

现代戏首先是一种与人的心灵有深刻关系的文学,其次是与传统戏曲美学有本质融通的艺术。在选材上,一定要有这两点考量。心灵打开程度,决定作品的情感力量与精神深度;美学特征决定它像不像戏,咋唱咋念咋做咋打都得是戏。否则,再修改,再加工,再装修,都会差之毫厘,谬以千里。

我始终固执地以为,写现代戏,更要深刻地研究历史传统;写古典戏,更要认真仔细地阅读现实。让昨天的历史成为对今天有温度的烛照,让今天的现实成为对明天有回眸意义的历史。当然,这对我自己来讲,还只是一种向往与追求。就是我们越想深度融入现实社会,越想对当下社会做出有价值意义的判断发言,就越是要深刻认识我们的历史传统,在丰厚的历史传统中,去判断现实走向,去发掘真正的时代价值。因为我们不可能像生物切片一样,独立创造出一段与上下都不关联的历史来。好的现代戏,一定是对历史有承接,对当下有关切,对未来有预判的复合建构。这种东西,有时看似没有太爆裂的卖点和炙手的热度,但却是具有恒温效应的,有的甚至会愈久弥香。由此就带来了一个现代戏创作的常态思维问题。

所谓常态思维,就是不闻风而动,不见利起舞,不热粘硬贴,不奋不顾身,不包打天下,不"明知山有虎偏向虎山行",独立思考,冷静分析,沉着出手。在常态生活中,去发掘生动精彩的戏剧故事,从而让这些故事具有更大的精神内涵与生命长度。

一切好的艺术，其精神实质，都处在恒常诉说状态，不是越新奇、诡异越好的"变脸"艺术。恒常是"道"，在"道"的层面上，平平常常、镇定自若地诉说人类精神生命不可挑战与悖逆的那些价值，艺术才是有生命力的。现代戏创作，什么时候进入这种平常状态，什么时候就趋于成熟了。因此，现代戏的发展，一定要在"道"上多引导，多总结。只有在"道"上盘桓，在规律中行进，才可能水盆显影一般地映照出丰富而深刻的现实生活，从而真正担负起高扬时代旋律与时代精神的责任。

总之，现代戏应该是一种很朴素的艺术，它应该朴素得像久演不衰的《铡美案》《窦娥冤》《杨家将》一样，让一切精神、情感、思想都从朴素中流淌、奔涌出来，而不是靠外在的现实标签与时尚包装。戏剧一如人的生命，一旦连胳膊腿都是硬安上去的，既没接通血脉，也无神经感知，却硬要给指头上戴"鸽子蛋"，给手腕、脚腕上环佩昂贵、鲜亮的玉镯、金链，还要用上好的指甲油，去涂红那些毫无血色的假指甲，岂不本末倒置？要创作一部好的现代戏，唯一的路径，就是把一切精力都用在对生活与故事的本质探索上,用在洞察人的心灵上,努力让现实世界中最浓烈、最深厚、最旨远的情感、思想、精神琼浆,顺着戏曲艺术的古老磨道,生动、鲜活并常态地流淌出来。那才是现代戏对时代最有力量、也最能经得起时间检验的发言。

后　记

太白文艺出版社要出版我的"西京三部曲",已经是好几年前的事了。我一直拖着,直到2016年夏季,才交出书稿。所谓"西京三部曲",就是我写的有关西京城的三部现代戏。

这三部戏,都是陕西省戏曲研究院演出的。

陕西省戏曲研究院是个大院,有近八十年历史了,是1938年在延安成立的。我有幸在这个院,做了二十五年的职业编剧和管理工作,离开时,刚好五十岁。我是一个轻易不落泪的人,但在离开研究院时,我落泪了,并且不止一次。如果讲恩情,这里对我是有大恩的。

这三部戏,到现在还活跃在舞台上,这是我最感欣慰的事。《迟开的玫瑰》已整整演了二十年,至今还在演,并且全国有好些剧团也在演。作为一个编剧,还有什么比这更快乐的事呢?《大树西迁》演出也有十几年了,每年都还有一定场次的演出包场。听到这样的消息,我是要独自去回民坊上,吃一顿羊肉泡庆祝一下的。还有《西京故事》,也演五六年了,并且每年都要到全国的一些高校去巡演,已经走进大半个中国上百所高校了,现在还在走。他们一出发,我的心,也就被他们带走了。我老操心,像在广东、广西、福建、海南等地方的南方大学,大多数人,尤其是青年学子连听北方人说话都困难,能买秦腔的账吗?每当他们发回那些学校的老师和学生在微信朋友圈的反应时,我才能上床安寝。看来,语言、腔调沟通,也都不是啥大问题。

我常想,我的人生,是陕西省戏曲研究院给了我无上的荣耀。她占据了我生命的较大长度,从二十五到五十岁,也是相对精华的生命阶段。如果说我心中,有什么景仰的,那就是那里的艺术家群体。他们的聪明才智,他们的特殊劳动,他们化生活为文明、化凡俗为高尚、化腐朽为神奇的艺术创造能力,是值得我终生景仰的。

这三部戏,在演出中,收获了数百篇评论文章或类似于评论的文字。剧作结集出版时,我是想收罗一部分以壮行色的。可责编申亚妮劝我撤下了好几十篇文字,并且最终,只放进了几篇由她选定的稿子,她认为所有的评论文章可出评论专辑。她曾是我长篇小说《西京故事》的责编,我只能服从并信任她的决定。

戏剧说到底是观众的艺术,没有观众认可,一切劳作,皆是白费。从这个角度讲,我们是永远要给观众致敬的。戏剧因观众而存活,我想,编剧的一生,有那么多观众不惜花时间来听你的唠叨、诉说,有时甚至还是你的陈年唠叨、旧时诉说,你又怎敢不谦卑了自己,去努力精进,从而让有限的生命,真正能压榨出一点干货来呢?

再次感谢太白文艺出版社,感谢党靖社长五六年前的选题动议。

我是热爱戏剧的,虽然钻进小说里,写得暂时有点小忘怀,但迟早,还是会折回来写写戏的。

陈 彦

2017年元月6日于西安